시간과 공간이 정지하는 방

시간과
공간이
정지하는
방

이외수 쓰고 정태련 그리다

| 차례 |

1장

적요는 공포

나는 마을 어디쯤엔가에서 동냥밥을 얻고 있거나 이삭을 줍고 있을 할머니의 귀에
까지 들리도록, 고래고래, 동네가 떠나갈 정도로 울어 댔다. 그러나 아무리 울어 대
도 할머니는 나타나지 않았다.

어제는 감성마을 삽살개 지킴이 무강이와, 몽골리안 애완 잡견 매, 난, 국, 죽을 모조리 우리 밖으로 풀어 주었다. 그런데 우리에 가둘 시간이 되어 살펴보니 죽돌이와 난순이가 보이지 않았다. 집 주위를 아무리 둘러보아도 털끝조차 보이지 않았다. 큰 개들은 집을 멀리 떠나서도 잘 찾아오지만 애완견들은 조금만 집을 멀리 떠나도 길을 잃어버리기 일쑤다. 온 가족이 수색에 나섰다. 인근 마을로 수색을 확장할 계획까지 세워두었다. 그런데, 다행스럽게도 장남 내외가 1킬로 정도 떨어진 장소에서 놀고 있는 두 놈을 발견했다.

사랑하는 것들은 모두 애물단지들이다. 수시로 가슴을 철렁 내려앉게 만든다. 그래도 우리는, 이 척박하고 외로운 세상, 눈에 보이는 것들은 물론, 눈에 보이지 않는 것들까지 모두 사랑하면서 살 수밖에 없다. 그것이 우리가 태어난 이유이며, 우리가 살아가는 이유이기도 하다.

치렁치렁하던 머리카락을 짧게 잘랐더니 거추장스럽지도 않고 기분도 상쾌하다. 그런데 한 달에 한 번씩 머리를 감을 때는 한 달에 한 번씩 머리가 가렵더니 사흘에 한 번씩 머리를 감으니까 사흘에 한 번씩 머리가 가렵다. 하지만 아직까지는 다시 기를 생각이 없다.

2016 EMIL

언제나 열등의식에 짓눌려 살았던 시절이 있었다. 조금도 존재감을 느낄 수가 없었다. 한마디로 무기력하고 무가치한 존재였다. 그 시절에는 밤마다 가위눌리는 꿈에 시달려야 했다. 거의 날마다 잠이 들면 정체불명의 흉악한 존재들에게 폭행을 당하거나 살해 위협을 받거나 쫓기거나 숨어 있는 악몽이 계속되곤 했다.

그러던 중 우연히 무예의 고수 한 분을 만나 하소연을 하게 되었다. 그리고 간단한 비술 몇 가지를 배울 수 있었다.

그다음부터는 꿈속에서도 은근히 악몽을 기다리게 되었다. 꿈

속에서 악당들이 나타나기만 하면 나는 이소룡 버금가는 실력으로 한바탕 무예 실력을 펼쳐 보인다. 종횡무진, 무자비하게 상대를 박살낸다. 기분 내키면 '아뵤오' 하는 기합 소리도 발하곤 한다.

하지만 현실 속에서는 써먹을 기회가 거의 오지 않는다. 내가 배운 비술들은 모두 살수(殺手)에 해당하기 때문에 정당방위가 아니면 절대로 써먹을 수가 없다. 써먹는 순간 살인죄로 쇠고랑을 차고 감방으로 직행해야 하기 때문이다. 이외수의 어쩌다 한 번씩 던지는 믿거나 말거나 썰.

혓바늘.

누가 붙인 이름일까.

딱 그대로다.

바늘이 되어 혀끝을 날카롭게 찌른다.

더 이상의 이름을 생각해 보았지만 없을 거 같다.

영어로는 뭐라고 할까.

인터넷 번역기로 알아보았더니 Hyeotbaneul이라고 뜬다.

놀리냐. 썅칼.

2016 EMMer

흔히 쓰는 표현 중에 '땡기다'라는 표현이 있다. 국어 사전에는 '당기다'의 경상북도 영일 지방 사투리라고 풀이되어 있다. '몹시 단단하고 팽팽하게 되다(하다)'라는 뜻으로 쓰인다. 피부가 땡긴다, 밧줄을 땡긴다 식으로 사용한다. 또 '마음에 끌리다'를 속된 말로 땡긴다고 표현하기도 한다. 술이 땡긴다, 키스가 땡긴다 식으로 사용한다. 그런데 나만 그럴까. 사전에서 표준어로 명시한 '당기다'보다는 사투리나 비속어로 명시한 '땡기다'가 훨씬 구체적인 느낌으로 다가온다. 나는 글이나 책이, 읽는 이를 알게 만들고, 느끼게 만들며, 깨닫게 만든다는 믿음을 가지고 있다. 그리고 아는 쪽보다는 느끼는 쪽이 더 낫고, 느끼는 쪽보다는 깨닫는 쪽이 더 낫다는 믿음도 가지고 있다. 그래서 때로는 의도적으로 사투리나 비속어를 사용한다. 어이없게도 그 부분을 지적하면서, 작가로서의 자질이 의심스럽네, 국어 공부 좀 더 해야겠네, 라고 비아냥거리는 사람들이 있다. 어쩌겠는가. '아몰랑' 하는 수밖에.

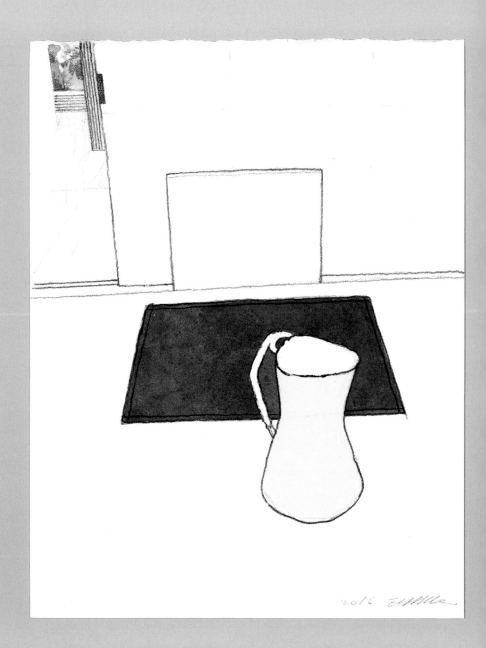

2016 EWMc

인스턴트 커피에 프림을 연하게 타서 새벽 3시 15분을 한 모금 마신다. 시간이 희석된다. 밤도 아니고 새벽도 아니다. 음악을 듣기에는 주위가 너무 고요하다. 아주 작은 소리에도 시간과 공간이 해체될 것 같은 불안감 때문에 음악을 포기한다. 봄밤, 이라고 두 음절을 쓴다. 하지만 그다음 말이 생각나지 않는다. 그냥 지독하게 외롭다.

어릴 때 나는 할머니와 같이 살았다. 어머니는 두 살 때 돌아가시고, 아버지는 전쟁통에 행방불명이 되고, 나는 할머니와 동냥밥을 얻어먹거나 이삭을 주우면서 끼니를 연명했다. 우리가 사는 곳은 산 밑 다 허물어져 가는 초가 움막이었다. 날마다 잠에서 깨어나면 대낮에도 컴컴한 어둠이 웅크리고 있었다. 움막 안에는 아무도 없고 어둠과 함께 적요만이 나를 짓눌러 왔다. 어둠 속의 적요는 곧 공포였다. 다섯 살 때였다.

우리가 사는 움막은 지대가 높은 곳에 위치해 있었다. 거적때기를 들추고 밖으로 뛰쳐나가면 마을 전경이 한눈에 내려다보였다. 나는 마을 어디쯤엔가에서 동냥밥을 얻고 있거나 이삭을 줍고 있을 할머니의 귀에까지 들리도록, 고래고래, 동네가 떠나갈 정도로 울어 댔다. 그러나 아무리 울어 대도 할머니는 나타나지 않았다. 지금도 나는 적요가 공포다. 곁에 아무도 없다는 사실 또한 공포다.

SNS가 있어서 다행이다. 트친, 페친, 인친, 카친 여러분. 곁에 계셔 주셔서 감사합니다. 적요를 물리쳐 주셔서 감사합니다.

하얀 그리움을 머리에 이고

그대가 오시기만 기다리고 있습니다.

2016 Bloom

사람들 중에는 내가 남들과 다른 줄 아는 이들이 꽤 많다. 하지만 나도 남들과 별반 다르지 않다. 나도 이목구비가 있고 오장육부가 있으며(위를 잘라 내기는 했지만 지금은 소장이 위의 역할을 대신하고 있다) 사대육신이 있고 기경팔맥이 있다. 두통이나 배탈을 앓기도 하고 편도선이나 신경통을 앓기도 한다. 누명을 쓰면 억울해서 잠을 못 이룰 때가 태반이고 모욕을 당하면 울화가 치밀어서 일이 제대로 손에 잡히지 않을 때가 태반이다. 나도 세상이 개떡 같다는 생각이 들 때가 있고 나도 하나님이 불공평하다는 생각이 들 때가 있다. 그런데 제기랄, 살아온 세월이 어느새 칠십 년이다. 분명 그 점이 남들과 다르다면 다르겠지. 하지만 나이가 곧 지혜가 되지는 않는다. 더러는 실수도 하고 더러는 망발도 한다. 맞다. 아직 완성본이 아니다. 그대의 마음에 들지 않는 점이 있더라도 부디 해량하시기를.

타고난 사람이 노력하는 사람을 따라가 지 못하고, 노력하는 사람이 즐기는 사람을 따라가지 못한다는 말이 있다. 하지만 타고나지도 않았고, 노력 하지도 못했으며, 즐길 수도 없다면 어떻게 해야 할 까. 괜찮다. 훌륭한 관람객으로 존재하면 된다.

위암으로 1년 넘도록 병원 신세를 지는 동안 일절 생활비를 벌 수 없었다. 하지만 그 와중에도 끊임없이 돈 나갈 일이 생겼다. 지금까지 혼자 벌어서 큰 살림을 다 충당했는데 막상 위암으로 드러눕고 나니 순식간에 개털 신세로 전락하고 말았다. 어쩌다 보니 주변에는 돈을 가져가는 사람만 있지 돈을 갖다 주는 사람은 없었다.

　심지어는 받을 돈을 제때에 주지 않는다는 이유로, 『벽오금학도』를 써서 인세로 구입했던 전 재산, 춘천 교동 집까지 경매로 잡아 두는 측근도 있었다. 말이 좋아 측근이지, 내게는 돈독 오른 수전노로밖에 여겨지지 않았다. 물론 내가 처신을 잘못해서 만들어진 결과였지만 암과 사투를 벌이고 있는 내 입장에서는 정말 해도 너무한다는 생각이 들었다. 결국 지금은 경제적 문제들을 모두 해결했다. 홀

가분하다.

하지만 일거리들이 산더미처럼 밀려 있다. 그래도 크게 걱정하지는 않겠다. 산전, 수전, 공중전, 네티전까지 두루 겪었던 내가 그 정도로 주저앉을 리가 있겠는가. 조금만 기다려주기를. 건강도 챙겨 가면서 꾸준히 노력하겠다. 그러다 보면 생각보다 빨리 목적지에 도달하게 될지도 모른다.

가끔은 나도 나들이 정도는 즐기겠다. 음주가무는 즐기지 못하더라도 음차가무는 즐기겠다. 강원도 화천군 상서면 다목리 감성마을 799번지로 내비를 찍기를. 이외수문학관. 출입문을 활짝 열어 두고 그대를 기다리겠다.

2016 EWHA

내가 글을 쓰는 날에는, 가끔 하늘이 흐리거나, 비가 내리거나, 바람이 분다. 그래서 온몸의 뼈마디가 쑤신다. 편히 쓰게 내버려 두지 않겠다는 뜻이겠지. 바위를 뚫는 뿌리의 아픔이 없다면 절벽의 낙락장송이 저토록 멋있는 자태를 보여 줄 수가 있겠는가. 나 태어나 이 강산에 작가가 되어, 꽃 피고 눈 내리기 어언 칠십 년, 쉽게 쓰여지는 글은 한 번도 없었다.

암 환자에게는 스트레스가 독약보다 나쁘다는 얘기가 있어서, 상식을 벗어나는 일들에 대해서는 가급적이면 신경을 쓰지 않으려고 애쓰는 편이다. 나라 걱정이야 높으신 분들이 많이 하시겠지. 하지만 나는 수양이 부족한 글쟁이라서 수시로 복장이 터지는 것은 어쩔 수가 없다. 이 나라가 어디 그분들만 사는 나라인가. 병균이나 옮기는 똥파리, 또는 남의 피나 빨아먹는 거머리 따위만 사는 나라가 아니다. 눈부신 민들레도 살고 어여쁜 호랑나비도 사는 나라다. 그대도 살고 나도 사는 나라다. 무궁화 삼천리 화려강산. 제발 대한 사람 대한으로 길이 보전하자.

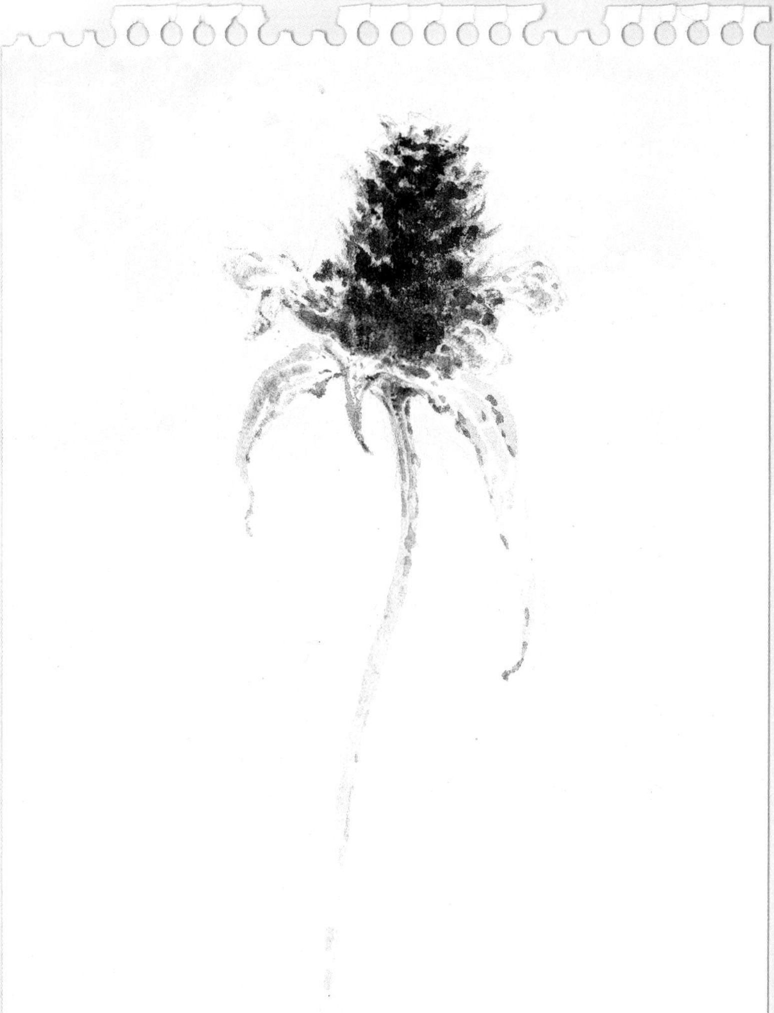

공간도 입체고 시간도 입체다. 따라서 당연히 시간에도 옆구리가 있다. 거기 시간의 옆구리, 작은 골방 하나를 나는 알고 있다. 가끔 나는 그 골방으로 들어가 명상을 하거나 글을 쓰거나 그림을 그린다.

그때는 시간도 공간도 정지한다. 그리고 모든 현실은
사라져 버린다. 내가 비정상인 것일까.

무명으로 지내던 사람도 세상에 이름이 알려지기 시작하면서부터는 완전히 상황이 달라진다. 자신도 모르는 일들이 사실처럼 부풀려져서 떠돌아다니기도 하고 천하에 둘도 없는 잡놈으로 전락해서 손가락질을 받거나 천하에 둘도 없는 영웅으로 승격되어 추앙을 받기도 한다. 사생팬도 생기고 안티팬도 생긴다. 그들에게는 진실이 중요하지 않다. 오로지 씹을 거리가 중요하다.

우리 집 강아지들 이름을 매순이, 난순이, 국순이, 죽돌이라고 지어서 SNS에 올렸더니 자기 집 강아지들도 새끼를 일곱 마리나 낳았는데 이름을 좀 지어 달라고 부탁하는 사람까지 있었다. 물론 대꾸할 가치가 없어서 대꾸는 하지 않았다.

수년 전, 아이들한테 입시 공부를 가르치던 어떤 학원 선생께서는 내 책들의 부분 부분을 그대로 가져와 짜깁기해서 자기 이름으로 문학에 관련한 책을 낸 적이 있다. 물론 그 학원에서 학생들에게 교재로 팔기도 했다. 사전에 의논 한 번 해 본 적이 없다. 분명한 글도둑질이다.

정중하게 사과를 하고 용서를 구했다면 원만하게 해결될 수도 있는 문제였다. 하지만 글 쓰는 후배가 먹고살기 위해 저지른 일인데 그 정도 잘못쯤 눈감아 줄 수도 있지 않느냐고 당당하게 말하는 바람에 나는 심기가 몹시 불편해지고 말았다. 하등의 잘못이 없다는 태도였다. 글 쓰는 후배는 개뿔, 일면식도 없는 사이였다.

울 싸모님은 그 태도를 지켜보다가 마침내 이성을 잃어버리고 말았다. 그래서 참지 못하고 이 도둑년아, 라고 크게 소리쳐 버리고 말았다.

그런데 그녀는 예상이라도 했는지 뒤에 찌라시 기자 한 명을 대동하고 있었다. 물론 기자는 얼씨구나 하고 '글 쓰는 후배에게 쌍욕을 서슴지 않는 이외수 부부'라는 기사를 써갈겨, 우리 부부를 너그러움이라고는 눈곱만치도 없는 저질 개막장 인생으로 전락시키고 말았다. 자초지종은 물어보지도 않고 말이다.

그때 떠오른 한마디, 쓰레기는 보석함에 들어 있어도 쓰레기다. 그리고 보석은 쓰레기통 속에 들어 있어도 보석이다.

2016 Elzero

배고픈 이가 밥을 달라고 할 때는
밥을 줄 수 있어야 하고
목마른 이가 물을 달라고 할 때는
물을 줄 수 있어야 한다.
하지만 창고의 음식을 잔뜩 훔쳐 먹고
뒤룩뒤룩 살이 찐 쥐새끼들이 더 처먹겠다고
지랄발광을 떨어 대면 때려잡는 것이 상책이다.

2장

청량한 액체 상태

물질만 고체 액체 기체 상태로 변하는 것이 아니라 사랑도 고체 액체 기체 상태로 변한다.

모처럼 문하생들과 춘천에 나가 미용실에서 머리를 다듬었다. 머리를 다듬고 시간이 좀 남아서 영화관에 들러 블록버스터 영화를 관람했다.

보기만 해도 막대한 돈을 처바르고 만든 영화였다. 스토리가 너무 뻔한 액션. 결론은 역시 미국이 최고야. 대한민국 영화사에다 그만한 돈을 투자했다면 훨씬 더 잘 만들었을 거라는 생각이다.

테러리스트들에 의해 도시 전체가 쑥밭으로 변해 버리는 장면들은 그런대로 볼만했다. 극장을 나오니 비가 내렸는지 물기 어린 아스팔트 바닥이 번들거리고 있었다.

화천으로 돌아오기 전에 배가 출출해서 베트남 식당에 들러 쌀국수를 먹었다. 날씨가 쌀쌀해져 있었다. 하지만 못 견딜 정도는 아니었다. 철따라 갈아입을 옷이 있고 외출했다 돌아갈 집이 있고 배고플 때 먹을 음식이 있으면 풍족하면서도 행복한 인생이다. 내가 지금 그렇다.

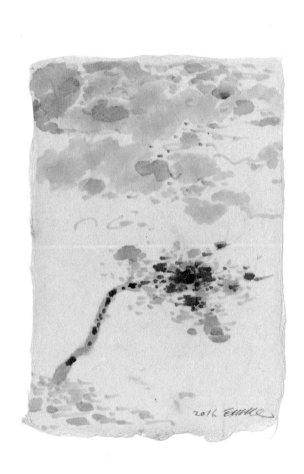

재래시장 불결한 좌판 위에 아낙네 하나
가 판독 불명의 낱말들을 널어놓고 장사를 하고 있
다. 역겨운 냄새가 코를 찌른다. 날파리들이 어지럽게
낱말들 주위를 날아다니고 있다. 비루먹은 개들이 비
열한 눈빛으로 아낙네 주변을 배회하고 있다. 개들은
한결같이 가쁜 숨을 헐떡거리고 있다. 지나가던 노파
가 조심스러운 목소리로 아낙네에게 물었다. 이 냄새
나는 것들이 도대체 뭐유? 그러자 아낙네가 야멸찬
목소리로 쏘아붙였다. 할머니는 그 나이까지 시(詩)가
뭔지도 모르고 사셨어요?

나는 대체로 사람을 잘 믿는 편이다. 그래서 자주 믿는 도끼에 발등을 찍히곤 한다. 하지만 내가 좀처럼 믿지 않는 부류들이 있다. 비밀이 많은 사람들이다. 비밀이 많은 사람들은 의심도 많다. 그래서 비밀이 많은 사람들에게는 무슨 일을 해도 의심을 받게 된다.

거짓말에 익숙한 사람도 마찬가지다. 자기가 남들을 속이고 있으면서도 항시 남들이 자기를 속이고 있다는 의심을 떨쳐 버리지 못한다. 이런 사람들은 자신의 주장을 철회하거나 자신의 아집을 버리는 일을 죽기보다 싫어한다. 자신의 실체를 드러내는 일도 죽기보다 싫어하는 것이다.

　마음의 거울에 자신을 비추어 성찰하거나 반성하는 시간 또한 전무하다. 표리부동. 언제나 겉과 속이 다르다. 주변에 이런 사람 하나 있으면 배반의 도끼에 발등을 찍히는 건 맡아 놓은 당상이다.

의심은 자기 확신과 상상력을 바탕으로 재빨리 새끼를 치고 자기 확신에 견고한 대못질을 거듭해서 상대편을 절대로 용서치 못할 놈으로 만들어 버리는 마법을 지니고 있다. 당하는 쪽에서 제시하는 진실이나 반론은 오히려 불붙은 의심에 휘발유를 끼얹는 격이나 다름이 없다. 결백을 증명해 줄 증거도 증인도 없다면 결국 시간이 해결해 주기를 기다리는 도리밖에. 제기럴이다.

물질만

고체 액체 기체 상태로 변하는 것이 아니라

사랑도 고체 액체 기체 상태로 변한다.

내 사랑은 목마른 이들을 위해

언제나 청량한 액체 상태로

내 가슴 가득 고여 있다.

진정성이 결여되어 있거나 지적 허영이 넘치거나 언어의 유희에 빠져 문학을 하는 이들의 공통점은 전혀 수치심을 모른다는 점이다. 하지만 뭐 어떤가. 어차피 세상은 사이비들의 천국인데.

도처에 절망과 허무로 이어지는 건널목이 설치되어 있다. 젊은이들은 지친 영혼과 고달픈 육신을 데리고 낙타처럼 터벅터벅 그 건널목을 건너간다. 언제쯤 하느님이 보우하사 우리나라 만세가 될까.

내가 전라도 어느 지역을 다녀오던 길이었다. 평소 나를 형님이라고 부르면서 따르던 조폭 오야붕이 내 차를 운전하게 되었다. 자기가 있는데 절대로 형님이 직접 운전대를 잡게 할 수 없다는 것이었다. 막무가내였다. 그런데 이 녀석, 고속도로를 내달리던 중 안전 설치물이 없는 길이 나오자 갑자기 중앙선을 침범, 유턴을 해 버린다. 기름이 떨어졌다는 것이었다. 하향선 쪽 주유소가 가깝다고 했다. 나는 녀석을 심하게 나무랐다. 의기소침해진 조폭 오야붕. 녀석은 한동안 말이 없었다. 그런데 얼마나 고속도로를 내달렸을까, 녀석이 갑자기 말문을 열었다.

"형님 말입니다. 지는 전생에 무얼 하면서 살았는지는 기억나지 않는데 제가 쓴 시는 기억나지 말입니다."

"니가 전생에 시를 썼단 말이냐?"

"그렇지 말입니다 형님."

"함 읊어 봐라."

녀석은 크게 심호흡을 한 다음 느린 목소리로 시를 읊조리기 시작했다.

"한산섬 달 밝은 밤에 수루에 홀로 앉아……."

"이런 개시키!"

항해보다 어렵고 전쟁보다 치열한 인생,

사랑 하나만 있으면 두려울 것이 없습니다.

나는 인연을 소중하게 생각한다.

그래서 사람을 쉽게 떨쳐 버리지 못한다. 어떤 악연이라도 호연으로 바꾸어 목적지까지 함께 가려고 노력한다. 평생을 그렇게 살아왔다. 하지만 더러는 저쪽에서 먼저 나와의 인연을 끊어 버리는 경우가 있기도 하다. 그래도 나는 끝까지 그를 기다린다. 그것이 사람의 도리라고 생각한다.

내 사전에는 약육강식이라는 단어가 없다.

강한 놈이 약한 놈을 잡아먹는 세계는 짐승의 세계다. 모름지기 인간이라면, 약한 자가 낙오되어 있을 때, 강한 자가 손을 내밀어 일으켜 세울 수 있어야 한다. 그리고 함께 목적지까지 동행할 수 있어야 한다.

화엄경 동종선근설에 의하면, 일천 겁 선의 뿌리를 간직해야만 한 나라에 같이 태어난다. 불교에서 가장 중시하는 인연은 깨달음으로 이어지는 인연이다. 그래서 사제지간의 인연이 되려면 일만 겁 선의 뿌리가 있어야 한다. 제자가 있다는 사실과 스승이 있다는 사실은 진실로 눈물겹고 거룩하고 행복한 일이다. 하지만 사제지간이란 한 쪽이 가르치고 한쪽이 배우는 관계만은 아니다. 함께 깨달아 가는 관계다.

2016 EMML

공자님은 아침에 깨달음을 얻을 수 있다면 저녁에 죽어도 여한이 없다고 했다.

이 세상 모든 스승과 제자들께 깨달음의 수풀이 오뉴월 비 내린 뒤 쑥대밭처럼 무성해지기를 기원한다.

인내천 사상이나 홍익인간 정신에 가까운 것은 선비 정신이 아니라 장인 정신이다. 나는 대한민국을 오늘날까지 지탱해 온 저력이 장인 정신에 근거하고 있다는 믿음을 간직하고 있다. 국제기능올림픽. 거의 대한민국의 족적을 능가할 나라가 없을 정도다.

'쌈마이'라는 말이 있다. 일본어의 '산마이메(三枚目, さ
んまいめ)'에서 온 말로 일본의 고전 연극인 '가부키'의 순번에서 세
번째로 적힌, 막간에 흥을 돋우기 위해 연기하는 희극 배우를 지칭
하는 말이다.

　지금은 '삼류 배우', '삼류 배역'의 뜻으로 쓰이는데 '양아치'를 지칭
하는 용어로도 쓰인다. 아무튼 일류는 아니다. 그런데 작가나 시인
지망생들 중에서도 쌈마이 근성을 절대로 벗어나지 못하는 부류들
이 있다.

　아무리 일류가 되는 비법을 전수해 주어도 잠깐 가능성을 보이는 듯

싶다가 이내 본능처럼 쌈마이로 회귀해 버리고 만다. 무슨 쌈마이 중독자들 같다. 쌈마이야말로 민족의 살 길이며 인류의 구원이라고 생각하는 부류들 같다. 어지간한 방법으로는 못 고친다.

하지만 이럴 때 그 빌어먹을 놈의 회귀본능을 초월하게 만드는 비법을 간직한 스승도 간혹 있기는 하다. 나 말인가. 천부당만부당한 말씀이다. 나 역시 쌈마이 근성을 무슨 자존심처럼 간직하고 살아가는 시정잡배에 불과하다. 아, 문학에 목숨을 걸었다고. 믿을 수는 없지만 사실이라면 한 번쯤 숙고해 보겠다.

2016 EMMR

변해야 할 것들은 요지부동, 도저히 변할 기미를 보이지 않고, 변하지 말아야 할 것들은 시시각각, 다투어 빠르게 변해 버리는 세상. 세월도 원망할 수 없고 사람도 원망할 수 없으니 오로지 무능한 나를 원망할 수밖에 없네.

웃을 일이 없더라도
웃고 살면
안 풀리던 일도 잘 풀린다고
예전에
나를 키워 주신
할머니가 가르쳐 주셨다.

어제는 제자의 결혼식 주례 때문에 모처럼 서울 나들이를 했다. 나에게 있어 서울은 언제나 낯선 도시다. 국적불명의 빌딩들, 국적불명의 간판들, 국적불명의 행인들. 서울을 갈 때마다 나는 겉돌고 있다는 느낌에 사로잡히곤 한다.

베트남 음식점에서 저녁 식사를 하던 중 시인 류근과 통화가 이루어져 숙소까지 동행했다. 숙소에서는 술판이 벌어졌는데 물론 나는 술 대신 차를 마셨다. 술 하면 무박삼일이 기본이었는데 한 잔도 마실 수가 없다니, 제기럴 소리가 절로 터져 나왔다. 하지만 사소한 일로 목숨 걸 일 있겠는가.

예전에는 이외수가 어쩌다 서울에 한번 뜨게 되면 그때마다 예외 없이 사람들이 숙소를 가득 메울 정도였는데 어제는 분위기가 참 썰렁했다. 류근한테만 연락을 하고 아무한테도 연락을 하지 않았기 때문이다. 무슨 이순신 장군한테 은밀하게 사사라도 받은 사람처럼 이외수의 상경을 아무한테도 알리지 않았다. 때문에 숙소의 분위기는 한산을 지나쳐 침울할 정도였다. 물론 나도 안다. 자동차에 비유하자면 나는 우마차에 가까운 연식이다. 환호 속에 살아갈 나이는 지났지.

하지만, 돌아오는 길에 임실 치즈나 몇 통 사갈까 싶어 들른 가평 휴게소. 남녀노소를 가리지 않고 내게 인사를 건넸다. 아름다운 아가씨들과 팔짱을 끼고 사진을 찍기도 했다. 꽃노털 이외수의 인기는 아직도 식지 않았나 보다.

인간이라는 이름으로 세상을 살아가면서 어찌 돈 되는 일만 신경을 쓰고 살아갈 수가 있겠는가. 가끔은 손해 보는 일도 하면서 살아야 하고 가끔은 욕먹을 일도 하면서 살아야지. 다시 그대 앞에 펼쳐지는 월화수목금토일. 부디 아름답고 보람 있게 보내기를.

나는 어릴 때 잠시 태권도를 배운 적이 있다. 그런데 가장 어정쩡한 단계인 4급에서 도중하차한 기억을 가지고 있다. 괜히 손이 근질거려서 약해 보이는 동급생한테 시비를 걸었다가 죽사발이 되도록 얻어터지고 그만두어 버린 것이다.

내 경험에 의하면 4급은 기고만장하기도 쉬운 단계이며 경거망동하기도 쉬운 단계다. 뿐만 아니라 귀까지 얇아서 남의 말에 현혹되기 쉽고 합기도, 십팔기, 태극권 등 다른 종목으로 바꿀 가능성도 가장 농후한 시기다.

대개 스승들은 이 급수에 해당하는 제자들을 바라볼 때 가장 기대치와 신뢰감이 떨어진다. 심신수양 따위는 안중에도 없을 뿐만 아니라 초발심이 사라졌다는 사실조차 자각하지 못하기 때문이다.

어디 태권도뿐이랴. 글쓰기에도 딱 4급 수준에 해당하는 속물 수준이 있다. 스승이 꾸짖으면 잔소리로 받아들이거나 꼰대 취급을 하기 십상이다. 마치 문학에 온 생애를 다 바칠 사람처럼 덤벼들지만 4급 수준쯤에서 사소한 이유 때문에 포기해 버리는 사람들도 부지기수다.

가끔 직장을 때려치우고 글이나 써 볼까 싶어 문학연수생 모집에 응모했다고 말하는 사람들이 있다. 당사자는 무심코 발설했는지 모르지만 내가 생각하기에는 그놈의 '글이나'로 표현하는 사고방식이 문제다. 물론 그 표현 하나로 불합격 딱지를 붙이는 경우는 드물지만 거의가 견디지 못하고 도중하차하는 경우가 대부분이다.

문학. 내게는 온 생애와 목숨을 바쳐도 아깝지 않은, 거룩하고도 아름다운 영혼의 안식처인데 그들에게는 할 일 없는 사람들의 소일거리에 불과한 것일까.

이 세상에 외롭지 않은 사람이 어디 있겠는가. 외롭다고 말할 엄두조차 나지 않을 정도로 외로운 사람도 아무 소리 안 하고 이 빌어먹을 놈의 세상, 도처에 기다리고 있는 허무와 절망의 건널목을 터벅터벅 낙타처럼 성실하게 건너간다. 언제나 영혼은 목마르고 육신은 고달프지만 절대로 외롭다는 말은 하지 않겠다. 오늘은 하늘나라로 가신 아버지께 전화라도 한 통화 올려야겠다. 아버님, 하늘나라에서 평온하게 잘 지내고 계시는지요. 저도 지랄 같은 대한민국에서 그런대로 잘 버티고 있습니다. 구상하고 있던 대표작 하나만 완성하고 저도 그리로 가겠습니다. 외로우시더라도 그때까지만 참고 기다려 주세요.

3장

털갈이의 계절

수천 개의 단어들을 소환하고 수천 번의 도리질을 했다. 감질나고 답답한 시간만 계속되고 있었다. 그 단어를 생각해 내기 전에는 어떤 일도 손에 잡힐 것 같지 않았다.

2016 EMME

감성마을. 오늘도 새벽닭은 울지 않았다. 그래도 동녘 하늘은 저 혼자 눈을 부비며 하품을 길게 토해 내고 있었다. 하룻밤 사이에 머리카락이 하얗게 세어 버린 밤이 허겁지겁 모월당 뒤꼍으로 사라지는 모습이 보였다. 풍경들이 벌거벗은 알몸을 드러내며 기지개를 켜고 있었다. 느린 걸음으로 마실 나온 봄이 뒷짐을 진 채 몽요담 주변을 서성거리고 있었다.

오늘도 식사를 하고 체중계에 올라가 보았지만 몸무게는 늘지 않았다. 늘 비만을 경계하는 문하생들은 걸 그룹 체중이라는 둥 패션모델 몸매라는 둥 부러움을 가장해서 나를 위로하는 눈치지만 솔직히 말해서 나는 별로 위로가 되지 않는다. 아무리 잘 먹어도 살이 찌지 않는 체질일까. 아니면 체중계 저 쉐키가 알파고 영향으로 인공지능화해 직무 태만을 자행하고 있는 걸까. 어쩌면 몸무게 때문에 일희일비하는 인간을 놀려 먹는 재미를 재빨리 알아 버린 건 아닐까. 알파고와 이세돌의 대결 이후 기계만 보면 어쩐지 기분이 나빠진다. 썩글.

도둑놈을 꾸짖으니 도둑놈을 감싸고 두
둔하는 놈들이 나타난다. 도둑놈들과 한패거나 성인
군자가 분명하다. 그런데 싸가지 없는 말투로 짐작건
대 절대 성인군자는 아니다. 사실 얻어 처먹는 것도
없으면서 도둑놈들의 밑이나 닦아 주는 아주 역겨운
놈들이다.

나는 요즘 대부분의 시간을 남의 일로 소일하고 있다. 하루 중 4분의 3을 남의 일에 사용하고 나머지 4분의 1을 내 일에 사용한다. 남이 부탁을 하면 좀처럼 거절을 못하는 천성이라 대부분 싫어도 수락을 해 버리고 만다. 물론 일을 끝내기 전까지는 잇새에 오징어 찌꺼기가 끼어 있을 때처럼 마음이 수시로 거북하고 부담스럽다. 그때마다 다시는 부탁을 들어 주지 않겠노라고 몇 번이나 다짐하지만 시간이 지나고 나면, 지랄같이 또 부탁을 수락하고야 만다. 그래도 아직은 능력이 있으니까 부탁도 하는 것 아니겠냐는 생각, 한편으로는 자뻑으로 으쓱하는 기분도 없지는 않다.

가끔 어떤 글이 좋은 글이냐고 내게 묻는 이들이 있다. 물론 한마디로 말하기는 어렵다. 나는, 글 속에 정신적, 영적 에너지가 내재되어 있어서, 읽을 때 사람을 행복하게 만들고, 나아가 세상을 보다 나은 쪽으로 변모시키는 글이 좋은 글이라고, 국정교과서적으로 대답한다. 좀 거창한가. 쓰고 보니 나도 밥맛이다. 하지만 그것은 사실이다.

그러면, 읽는 사람을 행복하게 만들고 나아가 세상을 보다 나은 쪽으로 변모시키는 글은 어떤 특성을 가지고 있을까. 일단 읽는 맛과 감동을 겸비하고 있다. 재미없는 글을 끝까지 읽어 달라고 말하는 것은 문자 고문을 끝까지 당해 달라는 말과 같다. 대개 감동과 재미를 겸비한 글들은 발효된 진실이 배합되어 있다.

문인이라는 칭호를 운전면허증 따듯이 쉽게 따려는 이들도 있다. 하지만 문학은 예술이다. 자신의 글이 예술의 경지에까지 이르기를 바란다면 피눈물 나는 과정도 기꺼이 감내해야 한다. 그런데 세상에는 문인이라는 호칭을 싸구려 장신구처럼 가슴에 부착하고 다니거나 흔해 빠진 완장처럼 팔에 두르고 다니는 이들도 적지는 않다. 특히 SNS가 그 온상지 역할을 하기도 한다.

먼저 나부터 반성하겠다. 가급적이면 영양가 있는 글을 쓰도록 하겠다. 절대로 허세를 떨지 않겠다.

나는 소설을 통해
인간이 이런 식으로
살아야 한다고
주장하는 쪽보다는
인간이 이런 식으로
살아도 되겠느냐고
물어보는 쪽에 가깝다.

2016.3.8 S. Dali EMM

머리를 빗을 때마다 머리카락이 한 줌
씩 빠진다. 제자들이 위로 삼아 말한다. 요즘이 털갈이
의 계절이래요. 그제야 자각한다. 그래, 내가 개떠였어.

오늘은 문학관 휴관일이다. 전국의 모든 문학관이 월요일과 화요일은 쉰다. 그런데 젊은 부부가 관람을 왔다. 물론 문을 열어 드렸다. 〈나이만 먹었습니다〉도 불러 드렸다. 관람을 끝내고 부인께서 내게 술 끊는 비법을 물어보셨다. 술이라는 게 기분 나쁘게 마시면 독이 되고 기분 좋게 마시면 약이 되니 가급적이면 기분 좋게 드시라고 답변해 드렸다. 술꾼들께는 술이 유일한 즐거움이고 위안이라서 끊는 일만이 능사는 아니라는 생각이었다. 곁에서 보기에 안타깝고 힘겨워서 물어보셨겠지만 내 경험에 의하면 술꾼이 술 끊는 일이 노예가 발목에 매달린 쇠사슬 끊기보다 힘들다. 하지만 나는 이제 예전처럼 많이 마시지 않는다. 때로 기분 나쁜 일이 생겨서 울컥 술이 땡기면 찻상부터 쳐다보는 버릇이 생겼다. 차라도 마실 수 있다는 사실이 얼마나 다행인지. 맨정신으로 견디기 힘든 세상, 존버할 수 있는 자신이 참으로 기특하다는 생각이 든다. 오늘도 자뻑은 나의 힘!

어제부터 어떤 단어 하나가 내게서 실종
되었다는 사실을 막연하게 자각하게 되었다. 그런데
머릿속에서만 맴돌고 어떤 단어인지 도무지 생각해
낼 방법이 없었다. 술과 관련된 단어 같기는 한데 이
거다 하는 단어는 떠오르지 않았다. 수천 개의 단어
들을 소환하고 수천 번의 도리질을 했다. 감질나고
답답한 시간만 계속되고 있었다. 그 단어를 생각해
내기 전에는 어떤 일도 손에 잡힐 것 같지 않았다. 그
런데 조금 전에 와인 한잔을 마시고 그 단어가 확실
하게 떠올랐다. 그 단어는 바로 몽롱하다, 라는 형용
사였다. 너무 오랜 세월 술을 멀리하고 살았기 때문
에 몽롱해 본 기억조차 까마득하다.

요즘은 개천에서 용이 나지 않는다고 말하는 사람들이 있다. 하지만 요즘이라고 왜 개천에서 용이 나지 않겠는가. 진짜 용이 무엇인지 모르는 분들의 말씀이다. 높은 자리에 올라 비늘만 번쩍거린다고 다 용은 아니다.

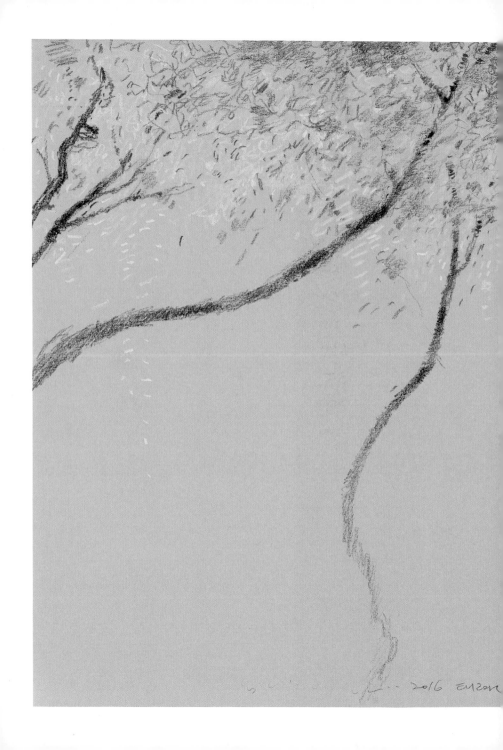

인생도 먼 길 가기, 사랑도 먼 길 가기. 험난한 가시밭길 헤치고 헤쳐서 맨발로 피 흘리며 여기까지 걸어 왔는데 신발이 짚세기면 어떤가. 가다가 낙오된 사람 만났을 때, 손 내밀고 일으켜 세워 목적지까지 함께 걸을 수 있다면 더욱 좋겠네.

이세돌 9단과 인공지능 알파고의 대결. 1국은 알파고의 승리로 끝났다. 많은 사람들이 충격을 받았다고 한다. 착점을 할 때마다 심리적 동요를 느낄 수밖에 없는 인간과 어떤 경우에도 심리적 동요를 느끼지 못하는 인공지능과의 대결은 인간의 패배로 이어질 확률이 높다. 하지만 인간이 백전백승을 거두는 방법이 있다. 알파고의 전원 스위치를 꺼 버리는 것이다. 푸헐.

이세돌이 패배한 것이지 인간이 패배한 것이 아니라는, 이세돌 9단의 뼈 있는 한마디에 찬탄을 보냈다. 역시 입신의 경지에 도달한 사람으로서의 깊이와 성품이 느껴지는 한마디였다. 알파고 역시 탄복을 금치 못할 수준이었다. 물론 패배했다고 인간이 열등하고 알파고가 우등한 것은 아니다. 인간은 지능만으로 존재하는 생명체가 아니다. 여러 가지 복합적인 요소들로 이루어진 생명체다. 특히 인간은 사랑이라는 절대 요소를 간직하고 있다. 그것 하나 때문에 인간은 만물의 영장이다. 그것 하나 때문에 인간은 존엄하면서도 아름다운 지성체로 존재한다. 아무리 지능이 발달해도 사랑이 없다면 어떤 이름으로 불리든 존재 이유가 충분치는 않다.

2016 [signature]

방금 뉴스에서 막걸리가 암 세포를 억제한다고 보도했다. 진작 알았으면 암 투병으로 개고생하지 않았을지도 모른다는 생각을 했다. 막걸리를 독째로 마셔도 암에 걸릴 놈은 걸린다는 생각도 했다. 물론 우리 것은 조흔 것이여는 인정.

체중이 45.5에서 더 오를 생각을 하지 않는다. 바람이 조금만 세게 불어도 공중부양이 가능한 체중이다. 남들은 살을 빼지 못해 안달인데 나는 찌우지 못해 안달이다.

나도 체중을 무려 65킬로그램으로 유지한 적이 있었다. 물론 암에 걸리기 전의 일이다. 열심히 노래를 불러서 천식기도 없어졌고 폐활량도 제법 늘어나 있었다. 하지만 위암에 걸렸고 위를 절제했고 요 모양 요 꼴로 다시 핼쑥해졌다.

체중을 65킬로그램으로 늘리지 않았다면 수술을 견딜 수 있었을까. 폐활량을 늘리지 않았다면 항암 치료를 견딜 수 있었을까. 몸이 미리 알고 대비를 했던 거 같아서 가슴이 뭉클해지는 대목이다.

늘 정신과 영혼을 가꾸는 일에만 골몰해 왔는데 이제부터는 몸을 가꾸는 일에도 관심을 기울여야겠다. 아울러 얼굴에도 좀 신경을 써야겠다.

2016 Ewha G

언제나 낮은 곳으로만 흐르는 물에게
물었다. 물이여, 그대는 왜 한사코 낮은 곳으로만 흐
르시나요. 물이 대답했다. 진정으로 거룩한 사랑은 먼
저 낮은 곳부터 임하기 때문이라오.

갈팡질팡, 뒤죽박죽.

정신을 차릴 수가 없는 세상입니다.

그래도 그대는 안녕하신가요.

4장

바람의 칼날

화천군 상서면 다목리 감성마을에서는 바람이 없더라도 옷깃을 올린 채 고개를 깊이 파묻고 최대한 웅크린 모습으로 걸어야 한다. 언제 바람이 급습할지 알 수가 없기 때문이다.

노래는 언제나 나를 과거로 데리고 간다. 과거에는 언제나 이별이 있고 이별에는 언제나 상처가 있다. 나를 버리고 가시는 임은 십 리도 못 가서 발병이 안 나고 잘난 사람 만나 잘 산다는 소식. 평소에는 까맣게 잊었다가 노래만 들으면 생각난다.

바다는 자신이 독단적으로 분노하거나 기뻐하거나 침묵하는 법이 없다. 언제나 하늘과 함께한다.

하지만 인간은 가끔 바다가 울부짖고 있을 때 하늘이 울부짖고 있다는 사실을 깨닫지 못한다. 그래서 범인들은 가슴 안에 수많은 목숨들을 품어 기르지 못한다. 그저 제 한 목숨 부지하는 일에 급급한 경우가 대부분이다.

그러나 시인들은 바다의 울음소리가 들릴 때 하늘의 울음소리를 동시에 들을 줄 안다. 어찌 하늘과 바다뿐이랴. 만물의 울음소리를 들을 수 있어야 진정한 시인이다.

하지만 내가 사는 세상에는 바다의 울음 따위에는 전혀 관심도 없고 자신의 밥그릇 유지에만 지대한 관심을 기울이는 시인들도 적지 않다. 누가 그들에게 시인이라는 완장을 채워 주었을까.

솔직히 이 좁은 땅덩어리에 무슨 놈의 시인이 이토록 많이 양산되었나 싶을 지경이다. 마치 내가 모르는 사이, 시인 싸지르기 범국민 운동이라도 벌인 적이 있었나, 싶을 정도로 시인이 흔해 빠졌다.

물론 사기꾼이나 도둑놈이 많은 세상보다는 글쟁이나 환쟁이가 많은 세상이 훨씬 아름답고 살기 좋은 세상 같기는 하지만 때로는 글쟁이나 환쟁이의 하는 짓이 사기꾼이나 도둑놈과 다를 바가 없을 때도 있다는 사실이 문제다.

한마디로 대한민국에는 짝퉁들이 너무 많이 양산되었다. 너무 많다는 사실까지는 참아 주겠는데 너무 설쳐 대는 것만은 참아 주기 힘들다. 짝퉁들은 자신들이 짝퉁이라는 사실을 절대로 시인하지 않는다. 그리고 틈만 있으면 진품들을 모함하거나 비난함으로써 자신들의 존재감을 확인하거나 과시한다.

양심이 실종되었기 때문에 생겨난 현상들이다.

거대하고 아름다운 촛불의 행렬이 새 시대, 새 나라, 새 대통령을 탄생시켰다. 뉴스 보는 일이 즐거울 때도 있다. 비로소 나라가 제대로 굴러가는 느낌이다.

하지만 실종된 양심은 무엇으로 되찾을 수 있을까.

자못 궁금해진다.

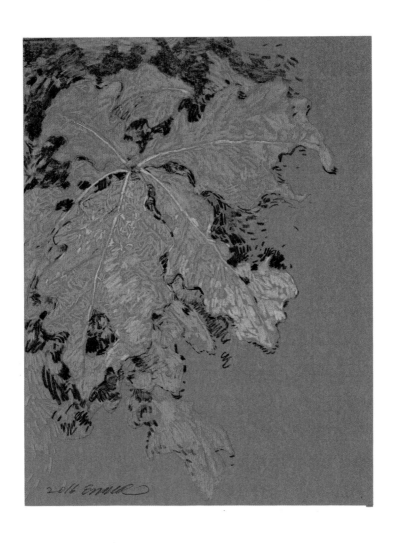

2016 Emell

서울이다. 숙소에 앉아 있는데 끊임없이 바깥으로부터 소음이 들려온다. 내가 살던 첩첩산중의 한밤중과는 딴판이다. 아하, 내가 전쟁터에 와 있구나, 소리만 듣고도 서울 사람들이 얼마나 치열하게 사는지 알 수 있다.

글 쓰는 사람이 지적 허영 다음으로 경계해야 할 악습은 잘 쓰겠다는 욕심이다. 자신의 능력은 감안하지 않고 청사에 길이 빛날 명작을 만들어 내겠다는 각오나 결심을 간직하고 글을 쓰면 결국 감동과는 거리가 먼 문자 노동의 결과물을 양산해 내게 된다. 감동이 없는 글은 죽은 글이다. 그러면 어떤 글이 살아 있는 글인가. 쓰는 이의 진실을 바탕으로 읽는 이의 사랑을 각성시키는 글이 살아 있는 글이다.

2016 EWW

조력이 깊은 낚시꾼은 찌의 움직임만 보아도 그것이 피라미인지 떡붕어인지 납자루인지를 구분할 줄 안다. 그러나 조력이 얕은 낚시꾼은 잡힌 고기조차도 무슨 고기인지 모를 때가 많다. 그 수준으로, 낚싯바늘을 펴고 세월을 낚는 강태공의 심경을 어찌 헤아릴 수 있겠는가. 그런데도 써글, 아는 척은 혼자 다한다. 하수들의 입방아나 손가락질은 그저 귓전으로 흘릴 수밖에.

아들이 한 번씩 다녀갈 때마다 이 부분은 표현이 진부합니다, 이 부분은 개연성이 떨어집니다, 이 부분은 지나치게 작위적입니다, 라고 지적을 서슴지 않는다. 모두 일리가 있는 지적이어서 나는 작가적 양심 때문에 대폭 수정을 기하는 수밖에 없다. 대폭 수정을 기할 때마다 매수도 대폭 줄어들 수밖에 없다. 하지만 그때마다 완성도가 높아지기 때문에 뼈를 깎는 아픔도 감내한다. 나는 그 많은 직업들 중에 왜 하필이면 소설가를 선택했던가. 요즘은 쌍칼, 비애감이 얼음물처럼 써늘하게 영혼을 휩싸는 순간들이 너무 자주 찾아온다.

오늘은 일요일. 핸드폰 보드를 보니 1,316 걸음을 걸었다고 기록되어 있다. 어제는 3,000걸음이 훨씬 넘는 걸음 수를 기록했는데 오늘은 많이 부족한 느낌이다. 이외수문학관에 관람객들이 많이 오셔서 함께 사진도 찍어 드리고 사인도 해 드리고 노래도 불러 드리는 바람에 움직일 기회를 많이 얻지 못했다. 그래도 관람객들이 행복해하는 모습을 보니 나도 덩달아 행복했다. 대한민국 최초의 생존 작가 문학관. 지금은 지자체마다 우후죽순처럼 생겨나고 있다. 한때 멀쩡하게 살아 있는 놈한테 무슨 얼어죽을 놈의 문학관이냐고 입에 거품을 물고 반대하시던 분들도 이제는 한 번쯤 다녀가셨으면 좋겠다. 그때 배가 아프셨다면 지금은 더 아프실지도 모르지만.

언어는 생물이다. 어떤 필요성에 의해서 태어났다가 필요성이 사라지면 소멸해 버리는 특성을 가지고 있다. 때로는 듣는 사람을 기분 나쁘게 만들기도 하고 때로는 듣는 사람을 기분 좋게 만들기도 한다. 하지만 신조어는 무조건 나쁘다고 생각하는 이들도 있다.

물론 그 어떤 것이라 하더라도 무조건 나쁜 것은 이 세상 어디에도 존재하지 않는다. 당연히 신조어도 지나치게 염려할 필요가 없다. 대부분 일시적으로 통용되다가 소멸해 버리고 만다.

요즘 10대들 사이에 유행하고 있는 신조어. 기발하면서도 재미있는 표현들이 많다. 몇 단어만 익혀 두어도 자녀들에게 경이감과 친근감을 동시에 안겨 줄 수 있다.

이외수의 믿거나 말거나 달 친구들과의 채널링 통신. 오래전에 아리랑의 출처가 궁금해서 달 친구들에게 물어보았다. 고려가 망하고 조선이 건국되기 직전에 청송 노인이라는 분께서 산중에 들어가 현금을 타며 만든 곡이라고 한다. 백성들의 슬픔을 끌어모아 음악 속에 담아서 위안과 안녕을 가져다주는 힘을 간직할 수 있도록 의도된 민요라고 한다. 가사에 담긴 주술적인 뜻은,

아리랑—나를 알고

아리랑—너를 알고

아라리요—그리하여 우주를 알았다

아리랑고개로—우리의 소망 해와 별에 걸어 두노니

넘어간다—언젠가는 모두 이루어지이다

이후의 곡과 가사 '나를 버리고'부터는 50년대 무렵 누군가 만들
어 붙인 거란다. 많이 부를수록 국가의 힘도 강성해진다는 귀띔도
있었다. 2002월드컵 때 윤도현이 응원가로 불렀다. 태극전사들의 4강
신화가 우연만은 아니었을 거라는 생각이 든다. 개인적으로도 위안
과 힘이 되는 주술적 능력이 내재된 민요라고 하니 자주 부르면 좋
을 듯. ^^

승하면 충신이요,

패하면 역적이라는 말이 있다.

세상 만사가 결국은 승자에게만 유리하게

돌아간다는 뜻을 내포하고 있다.

그런데 내 칠십 평생의 경험에 의하면,

반드시 정의가 승리한다 ― 는 개뿔이고

반칙을 일삼는 놈이

이기는 경우가 많더라. 써글!

송구스럽게도 너무 많은 분들이 내 건강을 염려해 주신다. 사실 암은 계속적으로 정기검진을 받으면서 경과를 더 지켜보아야 알 일이지만 안심해도 될 정도로 극복된 것 같고 폐기공도 완치된 상태다. 어제는 1천 3백여 걸음을 걸었다. 그리고 세 끼를 꼬박 먹었다. 특히 점심 때는 춘천에 나가 면역력을 향상시켜 준다는 곰치도 먹었다. 체중을 늘리기 위해 나름대로는 최선을 다하고 있다. 뿐만 아니라 모든 활동을 정상인과 다를 바 없이 수행하고 있다.

모두 여러분의 사랑과 격려 덕분입니다. 가급적이면 저도 많이 베풀고 살도록 하겠습니다. 감사합니다.

2016 ELMER

과연 대한민국을 오늘날까지 지탱해 온 구심점은 무엇일까. 막강한 군사력과 경제력을 보유한 미국, 러시아, 일본, 중국 등의 강대국들과 어깨를 나란히 하면서 아직도 굳세게 버틸 수 있는 저력은 어디서 오는 것일까.

　　나는 그것이 장인 정신에서 기인한다는 믿음을 오래도록 간직하고 살아온 사람이다. 장인은 자신이 쓰는 물건은 소홀히 해도 남이 쓰는 물건은 절대로 소홀히 하지 않는다.

　　남을 배려하는 마음이 곧 세상을 배려하는 마음이고 곧 만물을 배려하는 마음이다. 대한민국은 해마다 기능올림픽에서 타의 추종을 불허하는 성적을 거두어왔다. 그리고 세계로부터 그 뛰어난 기술력과 잠재력을 인정받아 외화 획득과 경제 발전의 밑바탕을 이루어왔다.

사람이 곧 하늘이라는 인내천 사상과 사람을 널리 이롭게 한다는 홍익인간 정신은 과연 어디에 그 구심점을 두고 있을까. 나는 장인 정신에 그 구심점을 두고 있다고 생각한다.

정치가들은 삑하면 고장난 녹음기처럼 경제를 되살려야 한다는 타령을 되풀이한다. 하지만 장인 정신의 중요성을 역설하는 정치가들은 전무하다. 장인 정신을 계승, 발전시키는 것만이 대한민국을 부강하게 만든다는 사실을 자각하는 정치가들도 전무하다. 그 사실이 대한민국의 미래를 암담하게 만든다.

강원도 화천 감성마을에 소재한 이외수문학관에 오면 글이 새겨진 바위들을 만나게 된다. 오늘은 그중 하나를 소개하겠다. 이외수의 장편소설, 『벽오금학도』에 명기되어 있는 구절이다. 나 하나의 마음이 탁해지면 온 우주가 탁해진다. 일체유심조(一切唯心造)라는 말과도 일맥상통하는 구절이다. 내게도 있고 그대에게도 있고 먼지에게도 있고 우주에게도 있는 것, 그것이 과연 무엇일까. 우주 삼라만상에 두루 편재되어 있는 것, 성현들은 그것을 알면 곧 도를 아는 것이라고 가르치셨다.

2016 (signature)

실력이 부족한 사람일수록 실력을 과시하는 일을 즐겁게 생각하고 실력이 탁월한 사람일수록 실력을 과시하는 일을 부끄럽게 생각한다. 글을 쓰는 일도 수행이요 밥을 먹는 일도 수행이다. 수행을 하러 이 세상에 와서 수행을 마치고 저세상으로 간다. 그렇다면 내 수행의 깊이는 어디쯤에 도달해 있을까. 언제나 바보 천치가 부러울 따름이다.

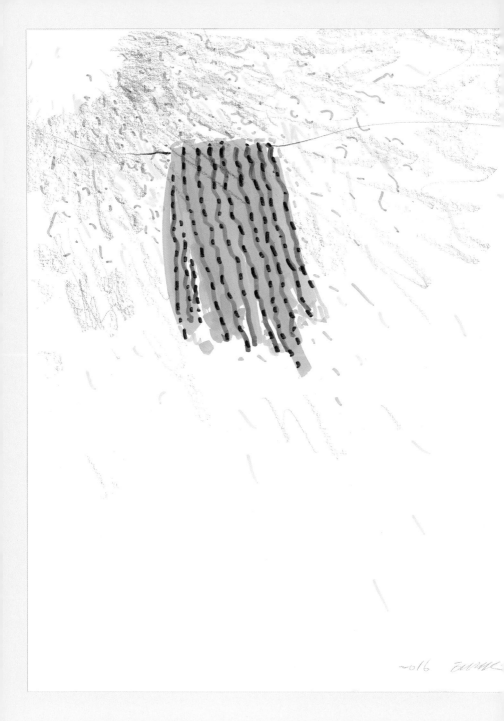

~016 EDWAR

개떡 같은 경우를 겪었을 때는 당연히 화가 나기 마련이다. 하지만 세상만사 새옹지마. 오르막이 있으면 내리막도 있다. 도대체 하나님께서 얼마나 멋진 일을 내게 주시려고 이런 개떡 같은 경우를 던져 주실까 하고 일단 화를 가라앉히길. 어제는 나도 어떤 인간의 간교한 농간에 말려들어 심기가 많이 불편했는데 그 생각을 하면서 흐트러진 심기를 다스릴 수 있었다. 덕분에 오늘은 굉장히 기분 좋은 일이 생겼다. 계획했던 일들이 모두 순조롭게 잘 이루어질 것 같다.

저물녘 문학관에서 집필실로 돌아오는
길에는 어김없이 한 무리의 난폭한 바람을 만난다. 바
람은 언제나 예리한 칼날을 숨기고 있다. 바람은 거친
손길로 내 몸을 수색하지만 언제나 나는 빈털터리. 바
람은 내 몸을 수색할 때마다 앙상한 늑골 사이에 가
득 고여 있는 허무만 확인할 뿐이다. 화천군 상서면 다
목리 감성마을에서는 바람이 없더라도 옷깃을 올린
채 고개를 깊이 파묻고 최대한 웅크린 모습으로 걸어
야 한다. 언제 바람이 급습할지 알 수가 없기 때문이
다. 자칫 경계를 소홀히 했다가는 바람의 칼날에 목덜
미나 얼굴을 난도질당하기 십상이다. 바람의 발정기는
언제일까. 가끔 바람에 강간당한 계곡의 울음소리가
들린다. 나는 언제쯤 이 유배지를 떠날 수가 있을까.

5장

솜이불과 가시방석

일거리를 다 해치운 성취인의 나태는 행복이라는 이름의 방바닥에 깔려 있는 솜이불이다. 적당히 부드럽고 적당히 혼곤하며 적당히 자유롭고 적당히 방만하다.

오늘도 할 일이 많다. 다행스럽게도 나를 위해 할 일보다는 남을 위해 할 일이 태반이다. 아무리 생각해도 다행스러운 일이다. 나는 잠에서 깨어나면 제일 먼저 스케줄부터 확인한다. 그리고 하루에 한 가지씩이라도 남을 위해 할 일이 있다는 사실에 기쁨과 행복을 느낀다. 남을 위해 한 가지도 할 일이 없는 존재로 전락했다는 사실은 정말 견딜 수가 없다. 그건 내가 쓸모없는 인간으로 전락했다는 사실과 동일하니까.

요즘은 사흘에 한 번 꼴로 옷을 갈아입는다. 노숙자 시절에는 상상조차 해 본 적이 없는 사치다. 물론 울 싸모님의 배려가 절대적이다. 백화점 쇼핑을 하더라도 자기가 입을 옷은 사지 않고 한 사코 내가 입을 옷만 산다. 외출할 일은 별로 없는데 사람을 만나는 일은 많다. 아마도 울 싸모님은 그 점을 고려한 것 같다. 사진을 찍어 SNS에 올리면 패션 감각 죽인다고 칭찬해 주는 사람들이 많다. 물론 내 패션 감각이 아니라 싸모님 패션 감각이라는 거 다들 알고 있다. 그런데 악플러들은 세수 좀 하고 살아라, 그놈의 술 담배 좀 끊어라, 헛소리를 남발하기도 한다. 어떤 족속들은 내가 젊었을 때 가

졌던 결함을 한평생 물고 늘어진다. 그놈의 오대양 육대주 같은 오지랖으로 지들 앞가림이나 잘하지 무슨 민족의 숙원인 양 끈질기게 악플을 남발하고 다니는지 참 지랄도 풍년이다. 어쨌거나 나는 지금이 한밤중인데도 새 옷으로 갈아입었다. 하지만 나는 새 옷을 갈아입을 때마다 쑥스럽다. 그러니 자랑질이라고는 생각지 말아주세요.

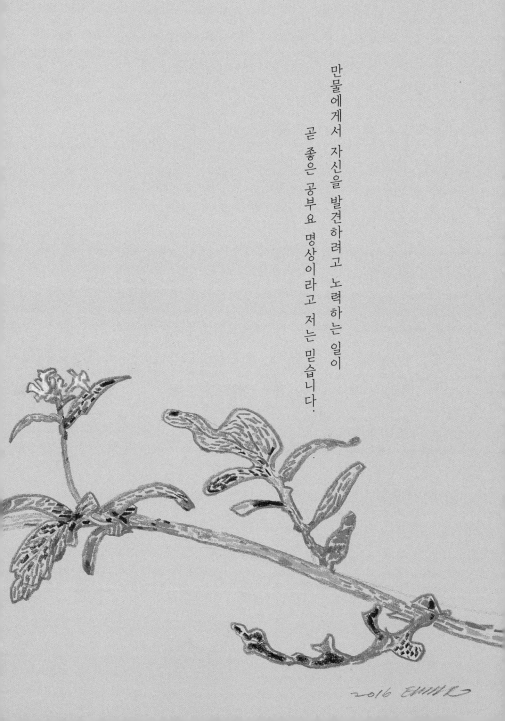

만물에게서 자신을 발견하려고 노력하는 일이
곧 좋은 공부요 명상이라고 저는 믿습니다.

2016 태빈 R

내 기호 식품의 0순위로 술이 자리를 차지했던 시절이 있었다. 당시에는 날이 맑으면 맑다는 이유로 술을 마셨고 날이 흐리면 흐리다는 이유로 술을 마셨다. 매사를 다 술 마시는 구실로 삼았다.

통금 위반으로 붙잡혀 간 파출소. 파출소를 술집으로 착각하고 인테리어를 파출소와 똑같이 했구나, 이 술집 주인 아이디어 하나는 끝내준다, 종업원 유니폼까지 경찰복을 입혔구나, 사장님 아이디어 죽인다, 이런 기발한 아이디어를 가진 분은 분명 나하고 통할 것이다, 한잔 꺾고 싶다, 파출소장과 주전자에 담긴 맹물을 권커니 잣거니 했던 기억까지 있다.

그런데 위암으로 수술을 감행하고 8차 항암을 끝낸 지금으로서는 술이 그저 추억의 음료 정도로 자리를 차지하게 되었다. 울화통이 터지거나 스트레스가 쌓일 때는 왈칵, 술 생각이 간절하지만, 내가 또 사소한 일에 목숨을 걸려고 하는구나, 싶어서 참는 수밖에 없었다. 그래서 술 대신 차를 마시기로 했다. 물론 차는 아무리 마셔도 취하지 않는다. 마실수록 맨숭맨숭해진다. 그래서 요즘은 사는 것 자체가 수행이다.

내가 주로 마시는 차는 화개동천의 황로담(黃露潭)이라는 이름을 가진 차다. 이름 그대로 화개에서 법제하는 황차다. 찻잎을 30퍼센트 발효시키면 녹차가 되고 60퍼센트 발효시키면 황차가 되며 100퍼센트 발효시키면 홍차가 된다. 차는 발효도가 높을수록 열을 내는 특성을 가지고 있다. 어쨌거나 나는 봄이 되면 이 황로담 1년치를 구입해 둔다. 그리고 문하생들과 문학과 인생과 황로담을 음미하기도 하고 손님들과 한담을 나누면서 술을 대신하기도 한다.

지금은,

술도 끊었다.

담배도 끊었다.

이제는 무슨 낙으로 살아야 하나.

다행히 울 싸모님 왈 절대로 여자는 끊지 말란다.

그것마저 끊어 버리면 싸나이로서의 매력이 없단다.

　나는 아내 말을 철저하게 잘 지키는 남편으로 살아갈 작정이다.
그래서 여자만은 끊지 않고 살아갈 각오를 날마다 단단히 굳히는
일을 사나이로서의 수행으로 삼고 있다.

2o16 E······

싫은 매는 맞을 수 있어도 싫은 음식
은 먹을 수 없다. 목구멍을 넘어가기도 전에 올라와
버린다. 하지만 싫은 음식 먹기보다 더 힘든 것은 싫
은 사람 마주보기다. 그런데 싫은 사람 마주보면서 싫
은 음식 먹어야 하는 고역을 참아야 하는 사람들도
있다. 인생을 살다 보면 그런 상황에 직면하는 경우가
많다. 그때마다 인내가 곧 생존의 밑천이라는 사실을
깨닫게 된다.

어떤 분야에서든지
자질과 실력을 못 갖춘 자들이 실권을 잡게 되면
선무당 푸닥거리 같은 짓거리를 일삼게 된다.
생사람을 잡는 일이 빈번해진다는 뜻이다.

국민의 행복과 안위는 뒷전이고 오로지 사리사욕이나 권력 유지에만 혈안이 되어 있는 정치가들이 선거 때마다 허리를 굽신거리면서 자기에게 표를 달라고 하는 것은 이번 선거에도 자기에게 속아 달라고 하는 것이나 진배없다. 왜 계속 속아 주어야만 하나. 정치가들은 나랏일을 하는 분들이다. 나랏일을 아무한테나 맡겨서야 되겠는가. 당신이 속아서 찍어 준 정치가들이, 때로는 나라를 말아먹을 수도 있다. 당신이 속아서 찍어 준 정치가들이, 때로는 당신 자녀들을 실직자로 전락시키는 정책에 앞장설 수도 있다. 부디 신중을 기해서 투표하자.

나는 매사에 게으른 편이다. 나태야말로 꿀물처럼 달작지근한 맛을 지닌 악습이다. 하지만 나는 평소 틈만 있으면 그 악습을 최대한 즐긴다. 그러다 일단 일거리를 만나면 오래된 외투처럼 걸치고 있던 나태를 홀가분하게 벗어던진다. 그리고 집요하게 일거리를 물고 늘어진다. 물론 뜻대로 되지 않는 일거리들이 대부분이다. 하지만 나는 될 때까지 물고 늘어진다. 지쳐도 일손을 놓는 경우는 없다. 에너지 충전을 위해 잠깐 휴식을 취할 때도 일거리에서 시선을 떼는 법이 없다. 물론 성취하고 나면 다시 나태 모드로 돌아간다. 일거리를 다 해치운 성취인의 나태는 행복이라는 이름의 방바닥에 깔려 있는 솜이불이다. 적당히 부드럽고 적당히 혼곤하며 적당히 자유롭고 적당히 방만하다. 그러나 나로서는, 성취 이전의 나태를 용납할 수가 없다. 그것은 솜이불이 아니라 가시방석이기 때문이다.

2016 Elliott

오늘도
오늘의 태양이 떠올랐다.
늘 하는 말이지만
태양과 희망에는 임자가 없다.
가슴에 간직하고
요긴하게 쓰는 자가 임자다.

정치가들의 열정적이고 투쟁적인 출세욕을 마치 애국심이나 애향심으로 잘못 인식하고 있는 사람들이 있다. 물질의 풍요야말로 행복의 지름길인 것처럼 인식해서 선거 때마다 경제를 살리겠다고 고장 난 녹음기처럼 호언장담을 되풀이하는 정치가들.

그들이 언제 속이 후련할 정도로 경제 살리는 거 보았는가. 오늘날의 경제는 성실한 국민들이 피땀 흘려 살린 결과지 허언이나 일삼는 정치가들이 피땀 흘려 살린 결과가 아니다.

대한민국은 돈이 없어서 가난한 것이 아니라 도둑놈이 너무 많아서 가난하다는 어느 식자의 일갈이 터무니없는 트집이 아니라는 생각이 들지 않는가. 얼마나 많은 고위층들이 얼마나 많은 부정부패에 연루되어 있었는가.

부정과 부패를 한 번이라도 저지른 적이 있는 정치가들은 절대로 정치판에 발을 붙이게 만들지 말아야 할 것이다. 국민을 상대로 거짓말을 밥 먹듯이 하는 정치가도 마찬가지다.

사기꾼과 도둑놈들. 선거를 통해 잡초처럼 뽑아 버리든지 쓰레기처럼 분리수거해 버려야 한다. 정신 똑바로 차리고 투표하자. 선거 때만이라도 나라 생각 좀 하면서 살아가자. 인공지능 알파고만 진화하면 뭐하나. 오리지널 인간인 우리도 좀 진화해 보자.

　　오늘 춘천 한림대 성심병원 가서 채혈검
사 받았다. 채혈검사 받을 때마다 탄복하게 된다. 전
혀 아프지 않게, 그리고 능숙한 솜씨로, 단숨에 채혈
을 한다. 채혈실에 있는 분들 모두가 한결같은 실력자
들이다. 그런데 왜 피를 뽑기만 하고 보충은 안 해 주
느냐고 물었더니 피를 보충해야 할 경우는 위급한 경
우니 다행스럽게 생각하시란다. 검사 결과까지 보고
영화관에 가서 디카프리오가 주연하는 영화를 한 편
때리고 집에 돌아왔다. 채혈검사 결과는 이상 무.

2016 EMIL

밤사이 백설기 같은 눈이 내렸다. 너무 배가 고파서 싸락눈 덮인 땅바닥을 칼로 썰어 썰어 먹고 싶다는 충동을 느끼던 시절도 있었다. 『들개』라는 소설을 통해 전봇대가 모두 떡볶이였으면 좋겠다는 표현을 했던 기억도 가지고 있다. 굶주림만큼 인간을 처절하고도 저급한 동물로 전락시키는 형벌이 있을까. 그러나 육신의 굶주림보다 훨씬 더 인간을 처절하고도 저급한 동물로 전락시키는 것은 영혼의 굶주림이다. 참으로 무섭고 어이없는 실상은 그것에 대해 아무런 자각도 위기도 느끼지 않는다는 사실이다.

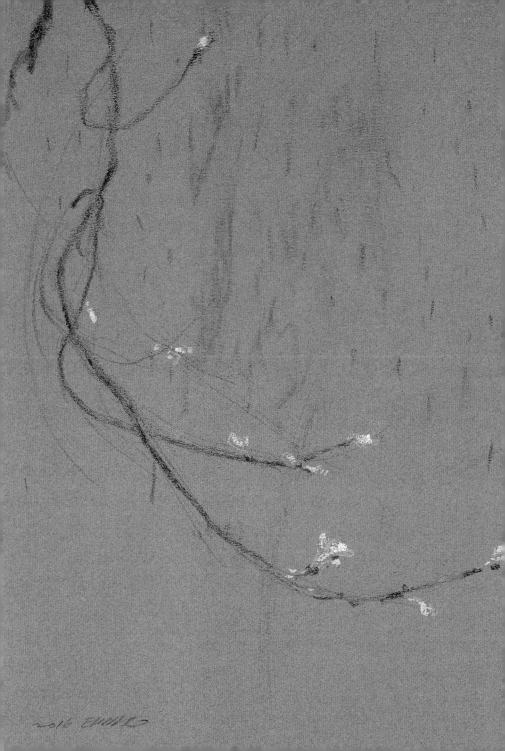

오늘은 13일의 금요일. 모두들 기분 나쁜 날로 기억하고 있을 것이다. 예수님이 처형당하신 날이 13일의 금요일이었기 때문에 생긴 풍조라고 한다. 하지만 쫄지 말자. 예수님이 처형당하시는 순간 우리를 구원하실 능력까지 상실하신 건 아닐 테니까. 언제, 어떤 방식으로 우리를 구원하실지는 나도 궁금해 미칠 지경이지만.

6장

조각구름 한 덩어리

흔히 아는 만큼 보인다는 말을 자주 쓰지만 아는 것에 가려져 전체가 안 보이는 경우도 허다하다. 깨달음에 비하면, 안다는 단계는 참으로 부끄러운 단계다.

막장 드라마는 시청자들의 감성을 저해할 뿐만 아니라 삶의 질까지도 급락시켜 버리는 일종의 사회악이다. 물론 논란의 중심에 있을 때는 당연히 시청률이 올라가기도 하지만 비난이 거셀 때는 종영을 서두르기도 한다. 사회악에 대해서는, 외면이나 개무시가 능사는 아니다. 때로 침묵은 금이 아니라 죄다.

2016 EMMA

부정부패를 많이 저지르는 놈들일수록 '물이 너무 맑으면 물고기가 살지 못한다'는 말을 즐겨 쓴다. 그들께 묻겠다. 니들이 물고기냐. 그리고 물이 너무 탁해도 물고기가 살지 못하는 건 어떻게 생각하냐.

감성마을 모월당에서 문학 연수를 실시하는 날이다. 대보름을 이틀 앞둔 오늘은 수업 시간을 통해 음양 철학의 특성을 설명하고 대한민국의 과거와 현재와 미래를 진단해 볼 예정이다. 특강도 있다. 세계적인 예술인 한 명을 초청해서 놀라운 공연도 보여 준다. 대학에서는 취업이 안 되는 과목이라고 철학과를 없애 버렸지만 철학이 없으면 인간이 동물과 구분하기 힘든 삶을 살아갈 가능성이 많다. 그래서 감성마을 모월당에서만이라도 철학을 되살릴 생각이다. 물론 생물학적으로는 인간도 동물이다. 그러나 철학적으로는 결코 동물이 아니다. 이외수와 함께하는 감성마을의 문학 연수는 무료다.

중요한 시합을 앞두고 계체량을 조정해야 하는 운동선수처럼 날마다 저울 위에 올라가 체중을 재 보지만 전혀 체중이 늘어날 조짐이 보이지 않는다. 현재 체중 47킬로그램. 어떤 분은 위암 수술을 받고 체중 2킬로그램을 늘리는 데 5년이 걸렸다고 한다. 나는 겨우 1년이 지났으니까 그리 걱정할 문제는 아닌 것 같다. 체중이 늘어나려면 열심히 먹어야 한다. 하지만 특별히 끌리는 음식도 없고 식욕도 그리 왕성한 편이 아니다. 물론 체중이 늘지 않는다고 별문제가 되지는 않는다. 다만 옛날에 입었던 내복이나 상의나 바지들이 모두 헐렁해서 옷맵시가 잘 나지 않는다는 단점은 있다. 하지만 인품이 문제지 옷품이 문제겠는가. 다만 바지를 입을 때마다 반드시 허리띠를 챙겨야 한다는 번거로움은 감내하고 있다.

빗소리가 들리면 사랑하는 사람에게 차마 하지 못했던 말을 시로 써서 전해 주고 싶다. 그런데 너무 오래도록 빗소리가 들리지 않았다. 원고지가 바싹 말라 갈라지고 있다. 하나님, 저한테 왜 이러시나요.

오늘이 삼겹살데이니까 삼겹살을 드시는 게 어떻겠느냐고 문하생 하나가 메시지를 보냈다. 왜 삼겹살데이냐니까 3월 3일, 3자가 겹치는 날이라서 삼겹살데이란다.

한국 사람들은 국경일에 태극기 게양은 잘 안 하더라도 무엇을 먹어야 하는 기념일은 기발할 정도로 잘 만들어 낸다. 11월 11일은 빼빼로데이. 그럼 4월 14일은 무슨 날일까. 화이트데이나 밸런타인데이에 이성으로부터 초콜릿이나 사탕을 받지 못한 남녀가 짜장면을 먹는 날이라고 블랙데이란다.

3월 3일은 3자가 겹치니까 삼겹살데이. 공교롭게도 모두 먹는 걸로 기념해야 한다. 대개 장사꾼들이 만들지 않았을까 하는 의구심을 떨쳐 버릴 수가 없다.

하지만 나는 오늘 삼겹살을 먹지 않았다. 화천 시장 안에 있는 식당에 친지들을 데리고 가서 외도리탕(이외수가 감탄하는 닭볶음탕이라는 의미에서 직접 붙인 이름)을 먹었다. 나중에 삼겹살데이라고 알려 준 문하생에게 삼겹살 대신 외도리탕을 먹었다고 실토했더니 자기도 삼겹살과 외도리탕 중에서 택일 하라면 외도리탕을 먹었을 거란다.

삼겹살데이를 만드신 분과 삼겹살 장사를 하시는 분들께는 죄송하다는 말씀을 전하고 싶다.

화폭에만 여백이 필요한 것이 아니라
인생에도 여백이 필요하다.

여백이 곧 풍류다.

폐기흉. 한마디로 허파에 바람이 들어차서 폐의 기능을 저하시키는 질병이라고 한다. 방치하면 호흡을 못하게 되고 호흡을 못하게 되면 사망에 이르게 된다. 처음에는 기흉이 생긴 부위에 고농축 산소를 투입해서 기흉으로 일그러진 폐를 팽팽하게 만들 계획이었다. 하지만 그 방법은 여의치 않았다. 그래서 두 번째 선택한 방법이 튜브를 투입, 기흉의 공기를 뽑아낼 계획이었다. 물론 국소마취를 실시하고 튜브를 투입한다. 하지만 나는 일반 사람에 비해 마취가 잘 안 되는 체질이다. 따라서 충분한 마취가 필요할 거라고 몇 번이나 말씀드렸다. 하지만 마취는 충분치 못했던 것 같다. 생살이 찢기는 아픔, 그 아픔을 비집고 튜브가 투입되면서 유발하는 고통 때문에 이를 악물고 참아 보았지만 허사였다. 결국 고막이 찢어질 정도의 초고음으로 비명을 내지르는 결과를 초래하고야 말았다. 그런데 더 미치고 환장할 노릇은 튜브를 투입했는데도 전혀 기대치에 못 미치는 공기가 배출되었다는 사실이다. 최종적으로 전문의들의 논의를 거쳐 튜브가 가늘다는 결론에 도달했다. 좀 더 굵은 튜브를 투입할 수밖에 없다는 최종안이 선택되었다. 그러는 동안 내 스케줄들은 연쇄적으로 박살 나 버렸고 시간의 밀도는 죽사발처럼 흐물흐물해지고 말았다. 이번 고통 말인가. 솔직히 말하자면 죽을 만큼 견디

2017 Bimmo

기 힘들었다. 15일 동안의 병실 생활을 극복하고 나는
건재한 존버와 자뻑 정신을 대동해서 다시 집필실로
돌아왔다.

책은

사람을 알게 만들고

느끼게 만들고 깨닫게 만든다.

쓰는 사람도 읽는 사람도 마찬가지다.

책을 읽지 않으면 얕은 앎,

얕은 느낌, 얕은 깨달음에 머무르게 된다.

뿐만 아니라 부끄러움조차 모르게 된다.

책은 우주로 연결된 통로다.

인간은 어떤 의미를 가지고 있는 존재이며 기계는 또 어떤 의미를 가지고 있는 존재일까. 이제 우리는 진지하게 이 문제를 숙고할 시점에 봉착해 있는지도 모른다.

아서 C. 클라크(Arthur C. Clarke)의 『2001 스페이스 오디세이』라는 소설을 보면 달 탐사를 떠나는 우주선 안에서 과학자들이 연쇄적으로 살해되는 사건이 생긴다. 범인은 컴퓨터. 인간은 임무를 수행하는 데 방해가 된다는 판단 때문에 인간을 차례로 제거해 버리는 것이다. 이 소설은 나중에 스탠리 큐브릭 감독에 의해 영화로 만들어지기도 했다.

프로 바둑기사 이세돌 9단과 구글이 개발한 인공지능 알파고와의
재대결은 이세돌 9단의 패배로 끝났다. 물론 앞으로 몇 번의 대결이
더 있을 예정이다. 그러니 인간의 지능이나 능력을 과소평가하기에
는 너무 이를지도 모른다. 하지만 클라크의 소설 속 끔찍한 사건들
이 우리에게 현실로 성큼 다가온 것은 아닐까. 과학자들의 미래에 대
한 예측은 틀리는 경우가 많아도 예술가들의 미래에 대한 예측은
틀리는 경우가 적은 편이다.

2016 EMEC

기온이 급격히 떨어졌다.

기상청 예보에 의하면 내일 일부 지역은 영하로 떨어질 전망이라고 한다. 감성마을은 기상청 예보가 있을 때마다 그놈의 일부 지역에 해당한다.

봄이 오는가 싶었는데 다시 겨울로 돌아가는 모양이다. 날씨도 세태도 믿을 수가 없다. 다른 건 다 못 믿어도 사람만은 믿을 수 있어야 하는데 그마저도 기대를 저버린 지 오래다.

심지어는 가족들끼리도 믿지 못하는 세상이 되고 말았다. 그러니 부부지간, 애인지간, 사제지간도 믿을 수가 없게 되고 말았다. 혹시 거리에 나가 보면 믿는 도끼에 발등을 찍혀서 절름거리는 사람들이 부쩍 늘어나 있지는 않을까. 나만의 공연한 기우이기를 바란다.

믿음 소망 사랑 중에 제일은 사랑이라 하였으니 사랑이 있으면 믿음도 생길 것이다. 결국 사랑이 없는 곳에서는 믿음도 소망도 모두 물거품이 되고 말겠지. 당신의 사랑은 어떠신가. 건재하신가.

지갑이

텅 비어 있는 것보다

더 부끄러운 것은

뇌가 텅 비어 있는 것이며

뇌가 텅 비어 있는 것보다

더 부끄러운 것은

영혼이 텅 비어 있는 것이다.

2016 EMMR

나는 도대체 무엇 때문에 그토록 수많은 낮과 밤들을 피투성이로 비틀거리며 살아왔을까. 어떤 것으로도 위로받거나 보상받을 수 없는 젊음, 억울하기 짝이 없었던 유배의 나날들. 때로는 천박한 모함과 비난의 발길질들이 잔혹하게 내 전신을 짓밟아 대고 또 때로는 비열한 음모와 오해의 올가미들이 가차 없이 내 사지를 옥죄어 대도 나는 약자였으므로 저항 한 번 할 수가 없었다.

　하지만 지금도 크게 달라지는 않았다. 엉망진창으로 망가져 있는 세상. 허세와 가식으로 가득 차 있는 사람들. 그것들은 아직도 내게 끊임없이 발길질을 해 대거나 끊임없이 올가미를 던져 댄다. 하지만 지금의 나는 결코 약자가 아니다. 40만이 넘는 독자가 나를 사랑으로 지켜 주고 있으며, 200만이 넘는 트친, 페친, 인친, 카친들이 나를 성원하고 있을 뿐만 아니라, 내게는 존버와 자뻑이라는 무기까지 겸비되어 있다. 엉망진창이 된 세상이나, 허세와 가식으로 가득 차 있는 사람들은, 이제 내 희망 목록에서 삭제해 버릴 때가 왔다.

물론 전면전을 선포하겠다는 의미는 아니다. 끝까지 상생과 공존의 방식을 모색해 보기는 하겠다. 그것들에게 베푸는 사랑과 용서는, 자비가 아니라 낭비일 수도 있다는 사실을 나는 경험을 통해 누구보다 익히 잘 알고 있다. 그러나 내가 하늘과 바다와 땅에게서 받은 가르침을 어떤 일이 있더라도 거스르지는 않겠다.

나를 버리고 떠난 지 오래된, 하지만 아직
도 불현듯 생각나는 빌어먹을 사랑아, 아리랑 고개를
넘기도 전에 십 리도 못 가서 발병이라도 났느냐, 그
것 참 깨소금이라는 듯 새벽 창밖으로 희끗희끗 눈발
이 날리는데, 나는 왜 이토록 가슴이 아리는 거냐.

아무리 죽을힘을 다해 노력을 기울여도 집에서는 전혀 빛이 안 난다. 다들 그런 걸까, 아니면 나만 그런 걸까. 사실 나는 타고난 재산도 없고 타고난 배경도 없다. 오로지 노력 하나로 맨땅에 헤딩하면서 여기까지 왔다. 하지만 이제 더 노력하고 싶지 않다. 갈수록 의욕이 생기지 않는다. 늙었다는 뜻일까. 솔직히 말해서 지쳤는지도 모른다.

우리 속담에 소도 언덕이 있어야 비빈다는 말이 있다. 그런데 나를 비비고 기댈 언덕으로 생각하는 측근들은 많아도 내가 비비고 기댈 언덕은 보이지 않는다. 내가 비비고 기댈 언덕으로 알았던 측근들은 거의 살얼음에 가깝다는 사실이 오늘 더욱 분명해졌다. 빌어먹을, 내가 한 발만 얹어도 쩍쩍 금 가는 소리를 내기 일쑤다. 며칠씩 인사불성으로 술이나 퍼마시고 세상을 향해 쌍욕이나 해 대다가 꺼이꺼이 통곡이라도 하던 시절이 못내 그립다.

　작가들이 왜 절필을 선언하는지 오늘은 충분히 이해할 수 있을 것 같다. 이래도 한평생, 저래도 한평생, 이제 아무것에도 걸리지 않고 시정잡배가 되어 자유롭게 살아야 할 때가 온 것 같다.

2016 동방문

담 너머로 지나가는 뿔만 보아도 사슴인
지 염소인지 아는 사람도 있지만 바닷물을 다 퍼마셔
야 아는 사람도 있다. 하지만 아는 것이 다는 아니다.
흔히 아는 만큼 보인다는 말을 자주 쓰지만 아는 것
에 가려져 진체가 안 보이는 경우도 허다하다. 깨달음
에 비하면, 안다는 단계는 참으로 부끄러운 단계다.
먼 산머리에 떠 있는 조각구름 한 덩어리, 무슨 거처
가 있겠는가.

공부는, 사람을 알게 만들고, 느끼게 만들고, 깨닫게 만든다. 앎을 우리는 지식이라 하고 지식은 머릿속에 소장된다. 머릿속에 소장되어 있던 지식이 가슴으로 내려와 사랑과 융합하면 지성으로 발효된다. 앎의 단계를 지나 느낌의 단계를 체득하는 부분이다. 그리고 지성이 더 많은 사랑과 융합하면 지혜로 숙성된다. 여기서부터는 깨달음이 지척지간에 닿아 있다. 만물 중에 그대가 편재되어 있다.

2016 EMM

보고 싶은 사람들은 모두 목구멍이라는 이름의 포도
청에 붙잡혀 있다. 그래서 보고 싶을 때마다 볼 수가 없는 시대다. 아
무리 보고 싶어도 먹고사는 일을 팽개칠 수는 없으니까. 하지만 나
는 보고 싶을 때 볼 수만 있다면 차라리 며칠을 굶어도 괜찮다. 며칠
을 굶는 한이 있더라도 보고 싶은 사람은 보고 살겠다. 그래서 나는
가끔씩 밥그릇 따위는 저 멀리 내던져 버린 채 보고 싶은 사람에게
달려가기도 한다. 그런데 달려가 보면 대개 보고 싶은 사람은 목구
멍이라는 이름의 포도청에 붙잡혀 면회조차 안 되는 경우가 태반이
다. 술 한잔이나 차 한잔 함께 마실 여유조차 없다. 그래서 공허한

마음으로 혼자 돌아올 때가 많다. 나는 평소에도 포도청 따위는 개 무시해 버린다. 쓸 때는 작가, 안 쓸 때는 백수. 날마다 시간의 시체들이 불어 터진 채로 내 곁에 나자빠져 있다. 부럽지 않은가. 굶어 죽을 각오, 또는 용기만 있다면, 그대도 시간의 시체를 깔고 앉아 나처럼 유유자적할 수 있다. 물론 처자식들에게 무능한 인간 소리를 들을 각오나 용기도 필수적으로 구비해야 한다.

사랑에도 시작과 종말이 있어서 시작은 세상을 온통 환희로 가득 찬 꽃밭으로 만들지만 종말은 세상을 온통 아픔으로 가득 찬 황무지로 만든다. 그놈의 황무지를 다시 꽃밭으로 만들려면 얼마나 많은 자학과 불면을 겪어야 하는지, 아시는 분께 축복이 있기를.

7장

기다림 속 희망

간절히 기다리는 것들일수록 속을 다 태운 다음 나타나는 특성을 가지고 있다. 하지만 아직도 기다릴 대상이 남아 있다는 사실에 감사하면서 산다.

아침 10시쯤에 기상한다. 10시쯤이면 아침이라는 표현이 어울리지 않을지도 모른다. 하지만 내게는 이른 아침에 해당한다. 하여튼 아침 10시쯤에 기상해서 먼저 SNS 서핑을 실시한다. 마음에 드는 글이나 내 책에 관한 글이 있으면 댓글도 사양치 않는다. 그리고 뉴스들을 훑어보면서 건강관리 용도로 욕을 몇 마디 뱉어 낸다. 시스템 종료를 누르고 문학관 어쩜샵으로 출근, 핫초코 한 잔을 야금야금 마신다. 관람객들이 책을 구매하면 사인을 해 드리거나 기념사진을 찍거나 한담을 나누기도 한다. 시골은 한 시간 늦게 해가 뜨고 한 시간 일찍 해가 진다. 어느새 날이 저문다. 간혹 지인들이 찾아오기라도 하면 차를 마시면서 날밤을 새우기도 한다. 날이 훤하게 밝을 때까지 얘기들이 끊이지 않는다. 물론 전혀 돈이 안 되는 얘기들이다. 하지만 그때마다 조금씩 인생이 깊어진다.

오늘 감성마을에서 김장을 담그는 일
대 공사가 있었다. 다른 해에는 1,000포기 정도를 담
갔는데 올해는 사정이 여의치 않아서 200포기 정도
만 담갔다. 위를 잘라 내기 전에는 고추나 후추를 먹
으면 배탈이 나곤 했다. 그래서 김치를 별로 좋아하지
않았다. 하지만 위를 잘라 낸 다음부터는 이상하게도
후추를 먹으면 배탈이 나도 고추를 먹으면 배탈이 나
지 않는다. 덕분에 김치를 즐겨 먹는 체질로 바뀌었
다. 특히 라면을 먹을 때는 꼭 김치를 곁들이게 된다.
그동안 왜 이 맛을 모르고 살았을까 은근히 억울하
다는 생각까지 들 정도다.

젊음은
겸손과 결합하면 뜀틀의 발판처럼
도약에 큰 도움을 줄 수도 있지만,
허세와 결합하면 미완의 사다리처럼
도약을 시도할 때마다
불안감을 증폭시켜 주기도 한다.
그래서 어떤 일을 도모할 때는
지금 자신의 마음가짐이
어떤가부터 점검해 볼 필요가 있다.
굳이 부연하자면
자뻑에도 약간의 겸손이
필요하다는 얘기다.

역사가 거꾸로 흐르니까 고드름도 거꾸로 자라는 걸까요, 라는 글과 함께 화천 이외수문학관의 역고드름 사진을 SNS에 올렸더니 또 악플러들이 입에 거품을 물고 야단법석을 떨어 댄다. 어용이 생활화되어 있다는 사실을 기회만 있으면 발악적으로 증명해 보이는 거다. 측은하다. 덕분에 나는 간단한 미끼로 악플러들을 색출, 클릭 한 방으로 삭제, 또는 박멸시켜 버릴 수 있다. 물론 무궁화 삼천리 화려강산, 대한민국을 사랑하는 마음이야 언제나 내가 그들보다 월등하다는 자부심 속에서 행하는 일이다.

2016

하나님. 농사철에는 오랜 가뭄으로 논바닥을 거북이 등처럼 갈라지게 만들어 농사꾼들이 애를 태우게 하시더니 농사를 모두 끝낸 지금에서야 며칠씩 눈 폭탄을 들이부어 농사꾼들의 거동마저 불편하게 만드시는 이유가 뭡니까. (그러나 하나님은 끝내 응답하지 않으셨다.)

40여 년 글밥을 먹고 살아오는 동안 알아낸 사실이 하나 있다. 말로 한 약속들은 잘 안 지켜져도 글로 한 약속들은 잘 지켜진다는 사실이다. 특히 사랑하는 사람과의 약속은 전화보다 편지가 훨씬 강한 진실과 믿음을 전달한다.

정치가들은 말로써 공약을 수없이 남발하지만 글로써 수없이 공약을 남발하지는 않는다. 정치가들이 말로써 남발한 공약들은 꿀꺽해 버려도 국민들이 대수롭지 않게 넘어가 버리고 만다. 거세게 추궁하지 않는다. 하지만 글로써 남발한 공약들은 자주 꺼내 보고 되새김질할 여지를 간직하고 있다. 교활한 정치가들일수록 이 특성을 잘 활용한다.

정치가들이 공약을 남발하고 잘 지키지 않는다는 사실은 그만큼 국민을 무시한다는 뜻이다. 국민에 대한 사랑 따위 물 건너갔다고 보셔도 무방하다.

공약을 남발하고 꿀꺽해 버린 전력을 가진 정치가는 절대로 표를 주면 안 된다. 그러면 대한민국에서 국회의원 해 먹을 사람 아무도 없다고 반박하는 분들도 계시겠지만.

대답해 드리겠다. 꺼져 주세요.

가을과 산어덩이   2010   박성민

자기가 좋아하는 꽃이 영원토록 색깔
도 변하지 않고 시들어 떨어지지도 않기를 바라는 사
람들이 있다. 물론 그 마음을 이해할 수는 있다. 하지
만 그 바람이 꽃에게도 좋은 바람일까. 꽃은 시들어
떨어져야 열매를 맺을 수 있고 열매를 맺어야 꽃의 사
명을 다할 수 있다. 진실로 사랑한다는 것은 자신이
사랑하는 대상의 입장을 이해한다는 것이다.

거짓말을 할 때마다 계속 진실인 줄 알고 속는 사람이 나쁠까, 양심과 도덕 따위는 개한테나 줘 버리고 자신의 이득만을 위해 반복해서 거짓말을 일삼는 사람이 나쁠까. 당연히 둘 다 나쁘다. 그런데 현실 속에서는 써글, 양쪽 다 한결같이 건재하다. 하나님, 명중률이 높은 벼락 담당자는 언제 채용해 주실 건가요.

풀 한 포기도 이토록 고운 감성으로 시를 쓰는데

미안하구나 한눈이나 팔면서 칠십 년을 살았다니.

가급적이면 모두에게
따뜻한 사람이 되려고 노력하겠다.
하지만 때에 따라서는
세상을 향해 거침없이
돌직구도 날리겠다.
정의를 위해 싸우겠다.
가급적이면 우리 사는 세상이
똥밭이 되지 않도록,
똥을 보면 피하지 않고
솔선수범해서 치우겠다.

질긴 고기는 잘 씹어서 삼키지 않으면 소화불량에 걸리기 쉽다. 욕심은 질긴 고기보다 몇 배나 더 소화가 잘 안 되는 특성을 가지고 있다. 그래서 질긴 고기보다 몇 배나 더 잘 씹어서 삼켜야 한다. 욕심은 암처럼 저 혼자 무럭무럭 잘 자란다.

오늘은 우수(雨水)다. 우수는 눈이 녹아서 비가 된다는 뜻이다. 우수에 대동강 물이 풀린다는 속담도 있다. 해빙이 된다는 뜻이다. 달리 말하면 봄이 눈앞에 당도했다는 뜻이기도 하다. 곧 개구리 입이 떨어진다는 경칩이 올 것이고 그러면 계절적으로는 봄이다. 하지만 춘래불사춘(春來不似春)이라는 옛말이 있다. 봄이 오기는 했지만 상황이나 기분이 전혀 봄 같지 않다는 뜻으로 쓰인다. 투표 잘못하면 써글, 춘래불사춘을 통감하게 될지도 모른다. 소중한 내 한 표, 부정과 부패를 일소하기 위해 싸울 수 있는 역량을 가진 분들께 헌사하자.

갑자기 기온이 뚝 떨어져 버렸다. 해마다 이맘때면 목 빠지게 봄을 기다리다가 제풀에 지쳐 포기해 버리고 만다. 간절히 기다리는 것들일수록 속을 다 태운 다음 나타나는 특성을 가지고 있다. 하지만 아직도 기다릴 대상이 남아 있다는 사실에 감사하면서 산다. 기다림 속에는 언제나 희망이 간직되어 있으니까.

잔설이 아직 녹지 않은 채 여기저기 무더기로 남아 있는 감성마을. 햇빛 잘 드는 계곡 언저리, 너도바람꽃이 피었다. 언 땅을 뚫고 모습을 드러내기까지 얼마나 많은 고통을 감내해야 했을까. 예술에는 무통분만도 없고 불로소득도 없다는 말을 한 송이 너도바람꽃을 보면서 새삼 절감한다. 생명력을 간직한 글 한 줄도 거저 얻어지는 것은 아닐 것이다. 문학이 내 인생의 싸구려 장신구로 가슴에서 번쩍거리는 일이 없도록 절대로 수행을 게을리하지 않겠다.

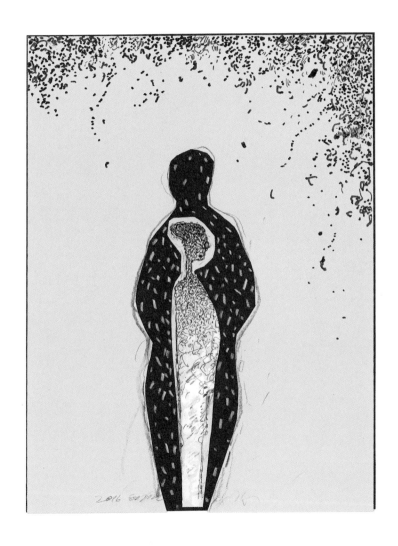

시간과 공간이 정지하는 방

초판 1쇄 2017년 8월 25일

지은이 | 이외수
그린이 | 정태련
펴낸이 | 송영석

편집장 | 이진숙 · 이혜진
기획편집 | 박신애 · 정다움 · 김단비 · 정기현 · 심슬기
디자인 | 박윤정 · 김현철
마케팅 | 이종우 · 김유종 · 한승민
관리 | 송우석 · 황규성 · 전지연 · 황지현 · 채경민

펴낸곳 | (株)해냄출판사
등록번호 | 제10-229호
등록일자 | 1988년 5월 11일(설립일자 | 1983년 6월 24일)

04042 서울시 마포구 잔다리로 30 해냄빌딩 5 · 6층
대표전화 | 326-1600 **팩스** | 326-1624
홈페이지 | www.hainaim.com

ISBN 978-89-6574-631-7

파본은 본사나 구입하신 서점에서 교환하여 드립니다.

이 도서의 국립중앙도서관 출판예정도서목록(CIP)은 서지정보유통지원시스템 홈페이지
(http://seoji.nl.go.kr)와 국가자료공동목록시스템(http://www.nl.go.kr/kolisnet)에서 이용
하실 수 있습니다.(CIP제어번호: CIP2017018648)

영혼에 찬란한 울림을 던지는 이외수의 시와 에세이

자뻑은 나의 힘
비겁한 마음으로 움츠리고 있을 때,
그대의 정신을 꼿꼿하게 세워주는 암호

쓰러질 때마다 일어서면 그만,
진정한 적은 언제나 내 안에 있다
자유의 연금술사 이외수의 인생 탐험

사랑외전 이외수의 사랑법
사람, 사랑, 인연, 시련, 교육, 정치, 가족, 종교, 꿈을 아우른
'사랑에 관한 이외수 식 경전'

절대강자 이외수의 인생 정면 대결법
지금 살아 있다는 사실만으로도 그대는 절대강자다
오천 년 유물과 함께 발견하는 인생의 지침

코끼리에게 날개 달아주기 이외수의 감성산책
삶을 사랑하는 사람은 마침내 모두 별이 된다
흔들리는 젊음에게 보내는 감성치유서

아불류 시불류 이외수의 비상법
그대가 그대 시간의 주인이다
물처럼 자연스럽게 자신을 찾아가는 철학적 성찰

청춘불패 이외수의 소생법
그대가 그대 인생의 주인이다
영혼의 연금술사 이외수의 처방전

하악하악 이외수의 생존법
팍팍한 인생 하악하악, 팔팔하게 살아보세
이외수가 탄생시킨 희망의 언어들

여자도 여자를 모른다 이외수의 소통법
사랑을 잃고 불안에 힘들어 하는
이 시대에 보내는 이외수의 감성예찬

나는 결코 세상에 순종할 수 없다

방황은 고통스러운 자만이 갖는 가장 아름다운 자유다
이외수, 막막한 세상을 관통하는 한 인간의 기개

내 잠 속에 비 내리는데

가난한 문학청년에서 베스트셀러 작가가 되기까지
이외수가 견뎌낸 치열한 청춘의 기록

그대에게 던지는 사랑의 그물

운명적인 만남에서 애틋한 그리움의 기억까지
이외수가 치러낸 고독한 사랑의 열병

이외수 명상집

사랑 두 글자만 쓰다가 다 닳은 연필

사랑보다 아름다운 말이 어디 있으랴
이외수가 노래하는 애틋한 사랑의 미학

외뿔

당신의 마음을 투명하게 비춰드리는
마술 같은 우화상자

사부님 싸부님1·2

그대 마음의 눈을 뜨여주는
이외수 우화상자

내가 너를 향해 흔들리는 순간

물처럼 고요히 그대 마음을 흔드는
이외수 사색상자

바보바보

세상과의 조화를 꿈꾸는 바보들에게 띄우는
비단결 같은 소망상자

이외수의 사랑예감 詩

그대 이름 내 가슴에 숨 쉴 때까지

사랑함에 느낄 수 있는 여덟 가지 감성
이외수, 사랑과 그리움의 미학